異世界のF35

新・護樹騎士団物語

夏見正隆

Natsumi Masataka

文芸社文庫

目　次

プロローグ

(――しまった……！)

ヘルメット・マウント・ディスプレー（ＨＭＤ）の視野が不意に真っ白になった。

くっ。

唇を噛み、一瞬「どうしようか」と迷う。

(もうちょっとで、着艦なのに)

何も見えない……！

その時わたしは右手にサイド・スティックを握り、水平姿勢を保持。左手はスロットル横の推力偏向レバーをほぼ〈垂直〉の位置にして、機体をホヴァリング――空中停止の状態へ移行させたところだった（停止といっても二〇ノットの前進速度をキープしている。下の母艦がその速さで動いているからだ）。亜音速の巡航からここまで持って来るのが、どれだけ大変だったか。しかもこの辺りの視界は真っ白――海霧で視程ほぼゼロの中、二〇ノットで航走する母艦の甲板の直上に機体を占位させたのだ。

ここまでは順調だった。着艦ガイダンス・システムは正常に働き、コクピットの射出座席に座るわたしの股の間に、たった今までＨＭＤの造り出す合成下方視界――つまりコクピットの床を透過して機体真下の様子が映し出されていた。機体の運動方向を示す緑色の円型マークを、海霧の白いまだら模様の中に見え隠れする飛行甲板の一か所に、しっかり重ねたところだった。

くそ、ディスプレーの故障か……⁉ 円型マークも消えた。機体下面に埋め込んだ複数の赤外線カメラからの映像を合成し、バーチャルに『腹の下』の様子をフェース・プレートに投影してくれていたＨＭＤの視界が真っ白になり、何も見えなくなってしまった。

（これだから……！）

わたしは一瞬左手を推力偏向レバーから放し、フェース・プレートを跳ね上げる。

やり直すか。

『フィフティ』

肉眼の視界。電波高度計の自動音声コールがヘルメットの中に響く。パイロットに地面との間隔を知らせるシステムだ。五〇フィート——真下の飛行甲板まで一五メートル。

着艦を、やり直すか。

濃霧の中を計器着艦する時、必要なシステムの故障が発生したら、ただちに着艦を中止して上昇し、上空で態勢を建て直すこと——シミュレーターでの訓練ではそう習ったし、このF35BJのテクニカル・オーダー（操縦マニュアル）にもそう記述されている。

だが

（嫌だ）

わたしはヘルメットの中で頭を振った。

実は岐阜の基地を出る前にコーヒーを飲み過ぎた。緊張して喉が渇いていた。普段のテスト飛行では一時間も飛ばない。水分の取り過ぎなんて気にしたこともない。うかつだった。この海域まで巡航を含めてすでに三時間一〇分——ちょっともう、我慢出来ない。

（ええい、降りてしまえ）

ブタ勘だ。

パイロットが「そこはブタ勘でやる」と口にすると、部外の人から『それって何ですか?』という顔をされる。しかしブタ勘はブタ勘だ。

軸線は合ってる。位置も合っている（さっき見た）。〈ひゅうが〉の甲板は全長一九七メートルもある。幅は三三メートルある。外れるものか、このまままっすぐ下へ降ろせばいい。

いくらなんでも〈ひゅうが〉なら操舵しているやつは優秀だろう、正確にまっすぐ走っていてくれれば、甲板は必ず真下にあるはず――わたしは視線を上げ、計器パネルのマルチ画面の姿勢表示で機の姿勢が変わらぬよう、わずかな傾きも無いよう気をつけながら、左手をスロットル・レバーに持ち替えて徐々に推力を絞った。メイン・エンジンと機首側リフトファンが反応して回転をおとし、唸りが低くなり、機体がぐうっ、と沈み込む。

『フォーティ』

エレベーターが下がる時のような感覚。

（行けっ）

もしも機の位置が横へずれ、真下が甲板から海面に変われば、電波高度計の値が瞬時に跳ね上がるはず。その時はあきらめて上昇し、やり直せばいい――

風防の前面視界も真っ白。何も見えない。風が凪いで、この海域は濃い海霧の底だ。なんでこんなところを航行してる……。わたしが今日赴任して来ることは分かっているはず。その証拠にさっき、データ通信で『着艦許可』と短くメッセージを送ってきた。

『サーティ』

下がっていく。

お尻の下が少しスースーする。

こういう時は
『トゥエンティ』

わたしは酸素マスクの中で唇を嘗める。

（思い切りが肝心よ聡子《さとこ》）

どんっ
着いた……！

突き上げる衝撃とともに固い表面を主車輪が打った。すかさず左手でスロットルをアイドルまでクローズ、両足を踏み込んでパーキング・ブレーキをかける。機体は弾むように揺れるが、跳ね上がりはしない。

ヒュゥウウゥン――

「ふう」

エンジンを切ってから、ようやく周囲の様子が見えてきた。〈ひゅうが〉の飛行甲板、中央よりやや後方の3番着艦スポットにいる。

エンジンをカットした左手で、キャノピーの開閉レバーを引く。ゴンッ、と音がして、コクピットを覆っていた一体型キャノピーが上がる。前方をヒンジにして、油圧モーターの力でわたしの背中からせり上がって開く。

潮風が頬に当たる。

「音黒《おとぐろ》二尉ですねっ」

駆け寄ってきた整備員が梯子をかけて、機首の左横へ上がってきた。

若い整備員だ。わたしより年下か。興奮した感じで言う。

「〈ひゅうが〉へようこそ。でも凄いですね、F35は視界ゼロでも着艦出来るって聞いて、みんなで見ていたんです」

「女子トイレどこ」

わたしは我慢出来ずに訊いた。

「え？」

「女子トイレ」

役立たずのHMD付きヘルメット――『X星人《エックスせいじん》仕様』と飛行開発実験団では呼んでいる――を頭から外し、わたしは整備員を睨んだ。

「まさか、『本艦には男子用しかありません』なんて言わないわよね？」

第Ⅰ章　密林の遭難機

1

「ありがと」

洗面所の位置を整備員に確かめ、操縦席を立った。

顔から取り外した酸素マスクとヘルメットを計器パネルのグレアシールドに引っかけ、梯子で機体を降りる。

降りる途中から、微かな上下動を感じる。二〇ノットで進んでいるので、白い水蒸気が艦首方向から吹きつける。甲板に足をつけると、うねりの中で上下する感覚。

着いたのか、空母に。

見上げる。白いまだら模様の中、アイランド（艦橋）がそびえている。

（――）

周囲から視線を感じる。

おそらく、あそこからも見下ろしているんだろう。

わたしはちらと艦橋上部へ視線を上げるが、立ち止まる余裕も無い。そのまま早足で艦橋基部の入口へ向かう。

艦首方向の駐機スペースに、対潜ヘリSH60Kが一機いる。この視界ではヘリの運用は無理だろう。淡い灰色の機体はワイヤーでタイダウンされている。作業していた整備員、甲板要員たちが手を止めてわたしに向き直り、ぱっと敬礼する。

海上自衛隊か――

「どうも」

答礼し、そのまま水密扉へ向かうと、そばの甲板要員がわたしのために扉を開いてくれる。

「ありがと」

「は、はい」

流れる白い水蒸気で、視界のきかない甲板だ。わたしの素顔をそばで見た若い甲板要員の男の子は驚いたように敬礼し直す。

カン、カン

狭い鉄階段を降り、早足で通路を進んで目的地へ滑り込む。

オリーブ・グリーンの飛行服はつなぎになっていて、このように用を足す際はほとんど全部脱がねばならない。テスト・ミッションで時にさまざまな飛行場へ飛ぶが、男女兼用の洗面所は困る。自衛隊には女子専用の施設というのはまだ少ない。しかし〈ひゅうが〉は女子のクルーも多数乗せていると聞く。助かる。

「ふう」

人心地ついて、服装を整え洗面台に向かう。潮風でなぶられた髪を手櫛で直した。

これから艦橋へ挨拶に出向かなければならない。

「HMD、ユニットごと替えないと駄目だな」

人けのない洗面室でつぶやく。

いや、それよりも35Bは艦載機だ。運用テスト中はコーヒー控えめにした方が――

しかし。

（――）

鏡を見ながら、ふと手を止める。

どうして、わたしなんだ……。

鏡の背後に映る、配管のめぐらされた低い天井。ここは海上自衛隊の最前線だ。わたしが普段いる世界とは違う。

海自が新しく導入するF35BJの艦上での運用試験は、もっとベテランの先輩テスト・パイロットが行うはずではなかったか――

わたしも導入試験チームの一員ではある。でも35Bで洋上の〈ひゅうが〉へ行け、と命じられたのが一昨日のことだ。突然に。

「十分な身じたくも、出来はしなかった。いったい何で——」

つぶやいていると、通路からの扉が開く音。

「音黒聡子二尉」

白いスーツ姿が現れた。

洗面所へ入ってきたのは、わたしと年格好の近い女性——海自の制服ではない、普通のタイトスカートのスーツだ。

「敬礼はいらないわ。私は文官だから」

向き直ると、わたしに言った。

色が、白い——?

この人は誰だ。

白いスーツの女。変だ、この洋上の護衛艦にいて全然日に灼けていない。色素の薄い感じの茶色の髪に、瞳……。年齢はほんの少し上か。筋肉はなくて細身。縁なしの眼鏡。大企業の役員秘書のような印象だ。

「始めまして、志麻《しま》祐子です。国家安全保障局の戦略班にいます。専門は分析です」

「はぁ」

わたしは、現れた眼鏡の女性に向き合って、うなずくが。

文官……？

東シナ海を航行する空母――ではなかった『航空機搭載護衛艦』に、自衛官でない者が乗っている。

（今、国家安全保障局――って言ったか……？）

訝るわたしに
「音黒二尉、あなたを待っていたのです」

志麻祐子、と名乗った女性は言う。官僚か。出身省はどこだろう。

「早速、ＣＩＣへ。あなたの任務を説明します」

「え」

任務……？


女子用洗面室を出て、白いスーツの背中に続いて通路を行く。

艦内は、不案内だ。初めて乗艦するせいもちろんある、しかしそれよりも運用テストに赴任するのを命じられたのが二日前だった。事前に何も調べていない。

〈ひゅうが〉の航行するこの現在位置も、岐阜を出発する直前に知らされてＦ35のフライト《F》マネージメント《M》・コンピュータ《C》へ入力したのだ。何もかも慌ただしい。肝心の運用試験に必要な資料も、後から電子ファイルで送るのでとにかく今日行け、と指示された。

　整備の支援チームは、一日遅れて海自のオスプレイで来るという。

「エレベーターに乗りましょう」

「は、はい」

　基準排水量が一四〇〇〇トンあるらしいが、通路は広くない。すれ違う乗組員たちが、さっと道を空けて敬礼してくれる。わたしは答礼するが志麻祐子はお構いなしだ。

「あの」

　わたしの仕事はテスト・パイロットだ。新型機が護衛艦で確実に運用出来るかどうか、改善すべき問題点はないか――それを確かめる試験飛行が、今回の赴任の目的だ。

　今、あなたの任務――とか言われたが……。

「志麻さん」

　だが
「さっきから騒いでいるわ」

　先を行く志麻祐子は、遮るように言う。

「若い下士官たちが騒いでる。『近寄りがたい美人が最新鋭機で着艦して来た』って」

「――」

「でも音黒二尉。あなた、もてないでしょ」

「え？」

「『わたしに近寄るな』って顔に書いてある」

「……？」


煙に巻かれたような気分でいると。

志麻祐子の呼んだ艦内エレベーターがやって来て、扉を開いた。

「きれいでも、不思議に色気のない人っているのよね。フフ」

「？」

「男を受け容れたことがないと——あぁ、ごめんなさい」

エレベーターの壁にもたれるようにすると、志麻祐子はまた「フフ」と含み笑いした。何なんだ、この人……？

「私、何でも分析してしまう——っていうか、性格が意地悪なの」

「……」

「怒らないでね」

「……」

わたしは、どう返していいか分からない。

任務がどうとか、言われたことを訊こうと思ったのだが。

どうせ研究一筋の理系ですよ、わたしは。

そう思っていると、〈5〉の数字のところでエレベーターが止まった。

「ここが航海艦橋で、艦の運航を指揮している。航空管制室は後部艦橋にある。らくだのコブのように艦橋がふた山、見えただろう。本艦の航空隊指揮官《エアボス》はあっちにいる。後で挨拶しておきたまえ」

「は、はい」

「知っていると思うが、海上自衛隊では飛行隊と言わず航空隊と言う。戸惑うこともあると思うが、とりあえず歓迎するよ二尉。私が艦長の島本だ」

日に灼けた、五十代初めと思われる士官が艦橋で迎えてくれた。

白い制服の階級章は一佐。

防大の先輩か。

「はじめまして。音黒聡子二尉です」

一礼すると
「うん、防大は何期だ」

やはり訊かれた。

わたしが自分の期を告げると、島本艦長は濃い眉を苦笑させるようにした。

「君とは四半世紀も生まれが違うのか。俺も歳を取ったな」

「はぁ」

「どうだ、本土の方はもう寒いかね」

「艦長」

わたしの横で、志麻祐子が口をはさむ。

「早速ですが音黒二尉を、ＣＩＣへお連れします。任務の説明を」

「あ、あぁ。うん」

また志麻祐子に続いて、航海艦橋から狭い通路を後方へ歩く。ハンドル付きの防水扉を抜けると、窓の無い通路。薄暗い。

「この艦は今、防衛大臣命令で一時的に国家安全保障局の指揮下にあるの。だからあの人――一佐の艦長も、わたしが口を出したら逆らわない。逆らえない」

「……？」

え……？　わたしは眉をひそめる。

白スーツの女。

何を言うのだろう。

「音黒二尉。私たちの態度が大きくて、気にさわることがあるかも知れないけど。でも気にしないで。わが国の先行きに関して危機が発生していれば、なりふりなど構っていられない」

「？」

私たち……？

「あの」

「新聞は読んでいる？　音黒二尉」

「……え」

また訊きたいことをはぐらかされる。

志麻祐子は、通路の先のもう一つの防水扉の手前で立ち止まると、振り向いた。

「新聞、読んでいるかしら？」

「いいえ」

わたしは頭を振る。

何を訊くのだろう、この女……。

「わたし、独身幹部宿舎暮らしだから。購読していないし、紙によって偏向がひどいし、最近ほとんど読んでいません」

「ではそのほかの媒体のニュースは」

「それは、適当に」

「では」

志麻祐子は、白い上着の内ポケットから何か取り出す。

小型のタブレットだ。白い指を、その表面に素早く這わせる。

「このニュース。覚えているわね」

「――？」

「予備知識として、頭に留めておいて」

「そ――」

「じゃ、入るから」


それは。

数秒間、見せられたタブレットの画面。インターネットのニュースだ。見出しと写真は見覚えがある――というか、半月ほど前にかなり話題になった事件だ。

志麻祐子はすぐにタブレットはしまってしまい、その白い手で、防水扉のハンドルを回した。

キッ
扉の内側に、さらに暗い空間がある。

ざわざわ、人のざわめきがする。

(CIC か……)

護衛艦の頭脳、とも言える場所。

先に立つ志麻祐子に続いて、空間へ足を踏み入れる。

照明をおとし、壁の戦術スクリーンを見上げる形で、ディスプレー付きのコンソールが何卓もずらりと並ぶ。

中央の作戦図台を囲むように、一群の男たちが立っている。

だが
「……!?」

一目で違和感を覚える。

海図を覗き込む男たちは、大半が平服――この亜熱帯の洋上を行く護衛艦内で黒い上着のダークスーツ姿だ。

自衛官じゃない……?

「班長、パイロットを連れてきました」

志麻祐子が声をかけると。

作戦図台を取り囲んだダークスーツの中から、ひときわ長身の男が振り返った。

「――」

わたしを見た。

三十代か。長髪。黒ぶちの眼鏡。一見ださそうな印象だが、その下の眼光が鋭い。

こちらを値踏みでもするように目を細めた。

思わず、一瞬睨み返す。

誰だ、こいつ……。

「――ご苦労だ、音黒二等空尉」

暗がりの中、よく見ると不精髭を生やしている。ネクタイは弛めている。

「敬礼はいらないわ」

そばで志麻祐子が言う。

「彼はＮＳＣの戦略班長です」

「戦略――」

「ＮＳＣ――つまり国家安全保障局、戦略班長の黒伏《くろふし》だ。そっちは副班長の鷺洲《さぎす》」

男は名乗り、顎で横を指した。

作戦図台を囲む一人が「どうも」とわたしに会釈する。

他のメンバーたちは、かまわずに台上の海図らしきものを指し、小声で何か言い合っている。ひそひそと相談する感じ。

何だろう……？

2

わたしは音黒聡子。

航空自衛隊の二等空尉だ。

現在の仕事は、飛行開発実験団という組織に所属するパイロットだ。四年前に防衛大学校を出てから、飛行幹部候補生となって訓練を受け、ウイングマークを取った。最初の二年間はF15J戦闘機のパイロットとして実戦部隊——小松基地に拠を置く第六航空団・第三〇八飛行隊で要撃の任務についた。それから上の命令でTPCコース——テスト・パイロット養成コースへ入校し、試験飛行操縦士の資格を取って、今の職場へ来た。当然のことだが実験団のメンバーでは一番若い新米だ。

だが本来なら。

わたしは自衛官になる予定はなかった。操縦者として飛行機に乗ることも、たぶん無かったと思う。防大に入ったのは、成り行きだった。戦闘機パイロットになったのも。

この辺りのことは、思い出すと長い。

ここ数か月。

わたしは実験団のテスト・パイロットの一人として、航空自衛隊と海上自衛隊が新しく導入するジョイント・ストライク・ファイター──統合攻撃戦闘機Ｆ35の運用評価試験の任務についていた。

Ｆ35ライトニングⅡは、米国ロッキード・マーチン社ですでに完成させた機体ではあるが。自衛隊が運用するに当たって、要求された機能や性能は発揮出来るか、何か問題は無いかとテストをする。それが運用試験だ。新規の開発ではないので、新米のわたしにも仕事を任せてもらえる。

高校生の頃まで、将来は理系の大学へ進んで研究者になろうかと考えていた。鼻息の荒い男たちに混じってアラート・ハンガーからスクランブルに飛び出すより、わたしにはこちらの方が向いている。

ようやく、自分のしたい仕事が出来るようになって来た──そう感じていた矢先。

新米のわたしに、なぜか洋上の護衛艦へ飛んでいく命令が出た。Ｆ35には空自向けのＡ型（国内でライセンス生産するものはＪ型と呼ぶ）と、海自が採用した艦載機タイプのＢ型（同じくＢＪ型）がある。そのＢＪ型初号機を飛ばして、洋上の護衛艦〈ひゅうが〉へ持って行き、艦上での運用評価試験をしろと言う。

それも。

「――明後日、ですか？」

急な赴任の指示に、面食らって訊き返すと。

「そうだ音黒二尉。明後日ＢＪを飛ばして〈ひゅうが〉へ行ってもらう。急な話だが」

開発飛行室長――わたしの直属上司の二佐が、デスクで念を押した。

「出来るだろ？」

「やれと言われれば、喜んでやりますが」

わたしは、岐阜基地のオペレーション・ルームを見渡した。ガラス張りの外に、試験中のＦ35ＪとＦ35ＢＪの初号機が、並んで機首をこちらへ向け駐《と》まっている。35ＢＪの方はメインノズルを下へ向け、その状態で整備員の点検を受けている。

「35ＢＪの艦上試験は、もっと上の先輩方がされるのだと思っていました」

「私もそのつもりだったが。実は技術本部の上の方から、君を指名して来たらしい」

「は？」

「ま、いい機会だろう」

開発飛行室長は、前に立たせたわたしを見て言った。

「君は腕もいい、戦技競技会での成績もあるしな。新人を指名して来たのは妙ではあるが、私は『無理だ』とは言わなかったよ」

「早速だが」

ダークスーツの男――黒伏と名乗ったか。

作戦図台を背にして立った男は、わたしに言う。

「君の任務を説明したい」

「――？」

そういう経緯で。

急に赴任させられ、着艦するなり招き入れられた〈ひゅうが〉ＣＩＣ……。ＣＩＣとはコンバット・インフォメーションセンターの略だ。護衛艦の戦闘を指揮する中枢であり、情報が集められ作戦が立てられる場所でもある。艦橋と違って、外は見えない。あるのは大小様々な画面と操作卓ばかりだ。

しかし。

いけ好かない。

この男が、わたしに〈任務〉を説明する……？

任務って――

「言っておくが君への命令権限は、防衛大臣からこの私に与えられている」黒伏は自分の胸を指して言った。「つまり私の命令は、防衛大臣の命令——いや内閣総理大臣命令だ。従ってもらわねばならない。何か質問は」

「はい」

わたしは男に向き合ったまま、手を上げた。

進学教室へ通っていた小学生の頃から、他人へ質問をしたい時にはそうする癖がついている。

「わたしは新型機の運用試験のために来ました。技術研究本部の命令です」

「その通りだ」

男はうなずく。

「表向きは」

「？」

「音黒二尉」

もう一人の男が、わたしを呼んだ。

「あなたが選ばれた理由は、Ｆ35ＢＪの操縦に熟達していること、多少の戦闘経験があること。今回のミッションには35ＢＪが必須ですが、機体が実戦部隊に配備されていない以上、テスト・パイロットを使うしかありません。しかしベテランのテスト・

パイロットたちは実戦部隊を離れて長い。精密に機を飛ばすことに長けていても、空中戦闘が出来ないとまずい。その点あなたは最近まで三〇八空にいた。訓練・演習での成績も良い。そして何より単身者だ――あなたには配偶者と子供がいない」

「……？」

何を言うのだろう。

鷺洲と呼ばれていたか、もう一人の男は黒伏よりも若い。わたしと同じくらいかも知れない。背丈もわたしに近い。クリップボードを取り上げて、何かのプリントアウトを繰った。

「音黒聡子二尉。本籍は福島県。二月六日生まれ。A型、一六四センチ――私立桜蔭女子高校から防衛大……。防大では物理を専攻。失礼だが国防少女だったようには見えませんね。防大へ進んだ動機は？」

「それ、今ここで言わなくちゃいけませんか？」

「いや。別に構わない。機密に触れられる資格は取得済み。今回の任務に従事出来ます」

「……あの」

わたしは訊き返す。

「さっきから、〈任務〉って」

「君は」

黒伏が口を開いた。

「メーカーのテスト・パイロットじゃない。防大出の自衛隊幹部だ。つまり士官学校出の空軍将校だ、国際標準的に呼べば」

「……」

「国のために戦う義務がある。命じられた任務は遂行してもらう。いいな」


「――」

絶句すると。

いつの間にか、作戦図台を囲む全員がわたしを見ていた。

天井からの赤い照明が、台に広げられた海図と、ダークスーツの面々を照らしている。その向こうに、〈ひゅうが〉のクルーたちが青い船内服姿で各コンソールに着席している。しかしクルーたちは部外者たちに距離を置く感じだ。それとなくこちらを見ては来るが、口を出す雰囲気ではない。

国家安全保障局の、指揮下……。

さっき志麻祐子がそう言ったか。

居並ぶダークスーツの中に、白い姿を探すと。志麻祐子もわたしを見返してきた。

「では音黒二尉に、現在の情況を説明します」

志麻祐子が言うと
「頼む」

黒伏がうなずいた。

同時に、作戦図台を取り巻くダークスーツたちが脇へどいて、わたしの前に空間をあけた。

「二尉、こちらへ」


わたしは招かれて、周囲をちらと見渡した。

表示パネルと管制卓の画面ばかりが青白く光る、暗がり——

ＣＩＣの中の全員が、それとなく自分に注目しているのが分かった。

いったい、何のためにわたしはここへ呼ばれたのか……。

「二尉」

志麻祐子が促す。

「どうぞ」

「——」

わたしは唇を噛み、うなずくと足を踏み出した。

作戦図台へ歩み寄ると。畳一枚くらいの大きさの海図に、線が引かれている。線は九州の南側から南西諸島を経て、台湾のやや南へ達している。

「本艦の現在位置です」

「……」

わたしは黙ってうなずく。

四時間ほど前。岐阜基地を出る時に、この位置は緯度と経度の数値で知らされた。海自の護衛艦隊が南西諸島を巡回し、定期的に訓練を実施していることは知っている。わが国の領土である島々を警備するのは、あくまで海上保安庁の任務だが、海上自衛隊がその後方で訓練しているだけでも他国勢力——中国の侵入に対して抑止力になる。

航空自衛隊の那覇基地からは、領空へ接近する中国機と思われる未確認機に対して毎日スクランブルに上がっている。

あの海域へ行くのか。洋上の〈ひゅうが〉へ赴任させられると聞き、すぐに思った。平時ではあるが、この辺りが国防の『最前線』であるのは明らかだ。海自艦が中国艦から射撃照準レーダーを照射された事例も起きている。一触即発の海域だ。

「この位置を、踏まえた上で」

志麻祐子が横目で促すと、ダークスーツの男たちの手で海図がばさばさっ、と取り除けられた。透明なテーブルの表面だけになる。

祐子が指で触れると、台全体がパッと明るくなる。作戦図台は、畳一枚ぶんの大きさがあるタブレット端末のようだ。

「まず、この画像をご覧頂きます」

ぱっ、と作戦図台に現れたのは。大写しになった新聞の見出しだ。

『マグニフィセント航空八〇七便、消息を絶つ』

つい今し方、ＣＩＣの入口扉の前で見せられたものと同じか……？　志麻祐子の指が、ついと動くと画面に似たような記事が次々にスクロールする。外国紙も出て来る。

世界中のメディアが書き立てた事故、というか〈事件〉だ。

ある外国紙のフロント・ページで、祐子の指が止まる。

「これを見て下さい」

「――」

あの、エアバス機か……。

大写しの写真は、双発の大型旅客機が飛び上がろうとしている場面だ。下の方に小さく『シンガポール・チャンギ国際空港を飛び立つ同エアバスＡ３３０』とキャプションがある。フランス語だ。これはフランスの新聞か――

（そうだ、ルモンド）

紙面のレイアウトに見覚えがある。ルモンド紙だ。ダッソー・ラファルの視察で短期間、フランスへも出張した。その時によく見かけた。

「アジア系の航空会社マグニフィセント・エアライン。そのシンガポール発北京行き八〇七便が、ちょうど二週間前の深夜、離陸後二時間で消息を絶ちました。最後に通信が行われた南シナ海の海上を中心に、国際協力のもと大規模な捜索が行われましたが、現在でも行方不明のまま機体は発見されていません。消息を絶った原因もはっきりしません。事故なのか、何らかのテロに巻き込まれたか」

「――」

「いずれにせよ、遭難したことは間違いない。消息を絶った機体がエアバス機なので、フランスの新聞は比較的詳しく報じています」

「――」

わたしは、志麻祐子を見た。

縁なし眼鏡に画像の色が映り込んでいる。目の表情がよく見えない。

「この事件なら」わたしは口を開いた。「よく聞いて、知っているつもりだけど。これとあなたがたの言う〈任務〉と、どんな関係が……？」

「音黒二尉」

黒伏が言った。

「深夜にシンガポールを出て、南シナ海を北上し北京を目指していたこの旅客機が消息を絶ったことは、さまざまな憶測を呼んでいる。例えば、以前にもエアバス機は大西洋上で自動操縦系統にトラブルを起こして失速し、墜落している。今度もそれが起きたのか。あるいは二〇〇一年にニューヨークで起きたのと同様なテロが企てられたのか。折しも翌朝に北京の人民大会堂で中国共産党の中央大会が開かれる予定だった。この八〇七便の運航予定では、大会堂で開会式が始まるまさにその時、北京上空に達する。国家主席を始めとする党幹部が参集する大会堂へ旅客機を乗っ取り突っ込もうとする企てが発覚し、中国の軍用機によって未然に撃墜されたのか」

「……」

「あるいは、当該機には中国共産党幹部の子弟が多数乗っていて、これらを事故に見せかけて亡命させようとした、という陰謀説まである。確かに八〇七便には共産党幹部の子弟が十数人、留学先から一時帰国するため搭乗していたらしい。機長がその陰謀に荷担し、遭難したと見せかけてどこかの米軍基地へ着陸する。ほかの乗客は皆殺し――こんなことがあるものかな」

黒伏は、疲れたように黒ぶちの眼鏡を指で上げた。

「さらに荒唐無稽な説として、宇宙人のＵＦＯにさらわれた、次元の裂け目に吸い込まれ異次元へ飛ばされた――その類の話は数多くされている。一つだけ確かなことは」

「……」

「一機のエアバスA330が、ベトナムと中国の国境に近い南シナ海の洋上で、忽然と姿を消した。大規模な捜索――各国軍と中国人民解放軍も参加した捜索で見つからない。海面上に破片も浮いていないし、海中からブラックボックスの発信する信号音波も聞こえて来ない。姿を消してしまったのだ。そして」

「……そして？」

「A330は、そこに現れた」


黒伏が目で促すと。

志麻祐子がうなずき、白い指をついと動かす。

作戦図台の表面がスクロールして、一枚の写真が現れる。

「わが国の資源探査衛星が、軌道変更中に偶然撮影したものです」

「……？」

わたしはのぞき込む。

何だ。

密林……？

「高度二〇〇キロから見下ろした亜熱帯の雨林です。場所は雲南省――ベトナムに近い中華人民共和国領内。交易用の道路が近くを通ってはいますが、一帯は人家のない山岳とジャングルです。衛星がこれを撮影したのは、ちょうど現在から三日前の早朝。この辺りは標高も高く、植物の放出する水蒸気と高原冷気が混ざり、通常は濃い靄《もや》に覆われています。このように衛星から地上の様子が可視光線で鮮明に撮影出来るのは、稀だそうです」

「……」

「この写真に写っている『ある物』に気づいたのは、内閣府が所管する衛星情報センターのスタッフです。ただちに国家安全保障局へ通報がされました。ここを拡大します」

言いながら、祐子は写真の一点を人差し指で突く。

ぱっ

画像が拡大される。緑の海のような大樹林が乳白色の靄に覆われ、ところどころ灰色の塔のようなものが突き出ている。

何だろう。

「密林の中に突き出ているのは、石林《せきりん》と呼ばれる石灰岩の大岩です。侵食され、密林の中から鋭く突き出すカルスト地形を形成しています」

「雲南省の、密林……？」

「ここをさらに拡大」

ピッ

乳白色の靄に覆われる、その中の一か所を祐子が指す。

「ここをご覧下さい」

「……⁉」

何だ、これは。

わたしは目を見開く。

「何に見えますか」

3

「何に見えますか。二尉」

志麻祐子の問いに。

「……」

わたしは数秒間、絶句する。

資源探査衛星が高度二〇〇キロから偶然撮った、という写真。

乳白色の靄に覆われ、ところどころ灰色の塔のような岩が突き出す密林――中国大陸の奥地であり、標高は高いという。

その一面の緑の中、志麻祐子の白い指が示す一点。

白っぽい何かが見える。白地に赤いストライプを入れた――

(――こ、これは……!?)

飛行機……なのか。

「さらに拡大しましょう」

志麻祐子は言うと、慣れた手つきで作戦図台を操作して、その一点をさらに拡大した。瞬間的に大きくなる、そのシルエット。さすがに画像の粒子が粗くなる。

「わが国の資源探査衛星は、実際には他国の軍事偵察衛星並みの『撮影機能』を搭載しています。私がコンピュータの解析機能を使い、さらに拡大して確認しました。そこにある物は、密林の樹木がクッションのようになって下から支えています。全長六〇メートル、双発のエンジン。エアバスＡ３３０です」

「……」

「樹木の上に乗って、静止しているのです。この白い胴体の上部にロゴが確認出来ます。マグニフィセント・エアライン。機体番号も読み取れ、照合しました。この機体は二週間前に行方不明となった八〇七便です」

「……どうして」

「分からないのは」

黒伏が口を開く。

「大木の密集した上に、まるで『置かれた』ように乗っていることだ」

「？」

「この機体の尾部の後ろには、樹木の中へ突っ込んで切り裂いた跡が無いのです」

鷺洲が横から言う。

「不時着したのであれば、当然、手前から樹木に突っ込むから、何らかの擦過痕が森林の中に長く形成されるはずだ。しかしそのような痕跡はどこにもない。まるでこのエアバス機が上空から垂直に降りてきて、樹木の中へふわっと軟着陸した――まるであなたのF35のように。そのように見える」

「いったい」

「まったく分かりません」志麻祐子が言う。「わが国の衛星が偶然に発見してから三日。中国当局から当該機を発見したという発表はありません」

「ＮＳＣではこの地点の上空へ再度、衛星を通過させ撮影を試みた。しかし濃い靄がかかり、再び地上の様子を見ることは出来なかった。可視光線では無理と分かり、赤外線で撮影させた。志麻君」

黒伏が促すと

「最初の写真から九〇分後。再度、高度二〇〇キロ上空から撮影した赤外線画像です」

志麻祐子が、台の画像を手でスクロールさせる。

赤いまだら模様のような絵が現れる。

「同じ場所です。密林の中に、このように飛行機の形が黒くくっきりと浮かびます。金属製の機体が、周囲の植物よりも冷たいのでここだけ『抜けた』ように黒く写るのです。確かにここにエアバスの機体があります。そして問題は」

「……？」

問題……？

わたしは祐子を見返す。

行方不明のエアバスが、雲南省の密林に引っかかっている。

これだけでも十分に問題だろう――

乗っている人々の救助は、どうするのだ。

「まず、このシルエットの主翼部分」

だが祐子はわたしの問いかける視線に構わず、説明を続ける。

「黒い中に左右一つずつ、二つの赤い点が見られます。機体は周囲の植物よりも冷えていて黒く写りますが、この二点だけピンポイントで赤い。非常に高い熱を発している。つまりエンジンが廻っているんです」

「……え?」

「計測すると摂氏四〇〇度。双発のジェットエンジンが燃焼しているんです。機体の位置は樹木の中で動いていないから、おそらく推力を出さないアイドリングの状態でしょう。防衛省技術研究本部に照会したところ、この種類のターボファン・エンジンのアイドリング排気温度はおおむね四〇〇度だそうです。一致します」

「……」


どういうことだ。

わたしは、拡大された赤外線画像を見ながら目をしばたたいた。

これが三日前の画像だって……?

「この画像の撮影時点で、八〇七便は消息を絶って十日——たとえアイドリングでも、十日間連続でエンジンを回し続けることは不可能だそうです。仮に燃料を満載していても、およそ一〇〇時間で消費し尽くします」

「わけが」

「わけが分からないのは、それだけではない」

黒伏が言った。

「我々は赤外線では動画も撮らせた。そうしたらフレームの中に、妙なものが写り込んでいた」

すると
「ご覧下さい」

志麻祐子はうなずいて、台の上で両手の指をわしづかみにするように動かした。

「画像をフレームバックさせ、動かしてみます」

何だ。

わたしはまた、目をしばたたいた。

中心に、飛行機型の黒い小さなシルエット。フレームバックして広範囲を映し出す視野の中を、不意に何か疾い影が横切った。

「今の」

思わずつぶやくと

「もう一度プレイバックします」

祐子が指を動かす。

テーブルは——飛行機の影を中心に、だいたい長辺が一マイルくらいの視野だ。その中を斜めに疾いものがシュッ、と横切った。

「……⁉」

何の形だ。

まるで——

「背中に翅《はね》の生えたヒトの形」

祐子が、わたしの感じた印象そのままの表現を代わりに言った。

「しかも赤い。熱を発しています。何らかの動力機関を動かして、翔《と》んでいるのです」

「……」

「もう一度プレイバックし、止めてみます」

「……」

「拡大します」

その形。

粗い粒子の赤外線動画のストップモーション。

流れる赤いまだら模様を背景に、くっきり浮かんだ深紅の影。

これは……。

「……ヒト型？」

「しかも翅のついた」

鷺洲がうなずいて言う。

「推定で全長は二〇メートル程度。初めは衛星の撮影機器のノイズを疑いました。しかしシステムは何度自己テストさせても正常――つまりこれは、確かにこの空間を翔んでいたのです。我々はこれを、仮に〈フェアリ〉というコードネームで呼ぶことにしました」

「……妖精？」

「シルエットはまるで甲冑が飛んでいるようで、可愛らしくはないが」

「怖い妖精や醜い妖精もいる」

わたしはシルエットから目を離さず、頭を振る。

「本を読めば分かるわ」

「音黒二尉」

黒伏が言った。

「我々は衛星を徴用し、この場所を監視し続けることにした。ただし高度二〇〇キロの低高度衛星は、地球を一周するのに九〇分かかる。そしてこの場所を撮影出来るのは一度の上空通過につき数十秒だ。志麻、次の映像を」

「さらに九〇分後です」

何だ、これは。

わたしは目を見開いた。

次にテーブルに現れた映像——撮影している衛星が地球を周回して、九〇分後に同じ場所を俯瞰したものだという。やはり赤外線の映像だ。赤いまだら模様、密林を背景にして翅のついたヒト型のシルエットが二つ、絡み合うように動いている。

（……!?）

シ、シ、シルエットが、二、二つ……?

思わず目をしばたたくと、絡み合う動画は途切れてしまう。

「二〇秒間しか撮影出来ませんでした。でもご覧のとおり」

祐子が言う。

「ヒト型シルエットは二つ。それぞれ〈フェアリ1〉、〈フェアリ2〉と呼称することにしました。初めに現れたこっちが〈フェアリ1〉」

「……」

「拡大すると、微妙に形状は違います。後から出現した〈2〉の方がやや大きい。外形もごつい感じです」

「もう一回」

わたしはテーブルの表面から目を離せず、言った。

「もう一回、繰り返して見せて」


それはまるでＡＣＭ――戦闘機の空中格闘戦の機動に似ていた。

二つの翅つきのヒト型。小さく見えるが二〇メートルあるという。赤外線画像だから紅いシルエットにしか見えない。それらが、画面では互いの後尾を取り合うように激しく旋回している――ように見える。

あまりに疾いので、虫が翔び回っているようにも見えるが……。

そして。

（着地した……？）

二つは宙で接触すると、その瞬間反発し合うように離れ、互いに向き合って紅いまだら模様の中に『着地』した――ように見えた。

（何か、抜いた――）

深紅のシルエット二つは、背の翅を畳むように見えた。そして同時に、腕を――右腕を背中へ回し、何か細長いものを抜き取った。瞬間、針のように細いものが光った。

「高熱を発しています」

志麻祐子が解説した。

「その針のように細く写っているものは、両方とも高熱を発している――ほとんど白色に見えるのは、数千度の温度だからです」

「数千……」

だが二つのシルエットが向き合って動き出そうとしたところで、動画は終わった。


「これはいったい何」

「分かりません」

鷺洲が横で、頭を振る。

「だが、この推定二〇メートルのヒト型物体は、実はほかでも撮影されているのです」

「そうだ」

黒伏が言う。

「志麻君、あの画像を」

「はい」

志麻祐子はうなずくと、指をテーブルに走らせた。

「インターネットに公開され、すぐ削除された映像です。東トルキスタン――中国政府が新疆《しんきょう》ウイグル自治区と呼称している地方で、数日前、所有者不明の携帯電話で撮影された動画です。八秒しかありません」

「……新疆ウイグル――？」

唐突に出た地名に、わたしは思わず祐子の顔を見る。

「そうです二尉」

祐子もわたしを見る。縁なし眼鏡のレンズにテーブルの静止画の色が映り込む。茶色い土埃の色だ。

「動かします。ご覧下さい」

ひどくぶれた、粗い粒子の映像だ。

地上からの視点。画像が動いた。茶色の砂塵が舞う。大勢の白い服の人々が砂塵の中を逃げて来る。何だろう、ひどく慌てふためいた様子――

「これは」

祐子が解説する。

「七日前、ウルムチ郊外の鉱山で起きた五万人規模の暴動だと思われます。鉱山労働者の一部が中国政府に対して抗議行動を起こし、たちまち火がついて五万人規模の暴動となりました。しかし起きて数分で鎮圧されました」

「……数分？」

「複数の情報源による確度の高い情報です。当日の天候は激しい砂塵嵐でした。集まった五万人の鉱山労働者が、集会を包囲する中国政府の武装警察へ襲いかかろうとした。これはその時の映像だと思われます。『鎮圧』される瞬間が写っています」

茶色の壁のような砂塵――その中から白い服の人々が逃げて来る。群れをなし、撮影するカメラの方へ逃げて来る。手にしたツルハシを放り出す。中には背後を指して何か叫ぶ者もいる。撮影者が気づき、指された頭上へカメラが向く。視野が下向きに流れ、茶色い煙の上に、褐色の何か巨大な物がぬうっ、と姿を現す。

「な」

わたしは目を見開く。

何これ……⁉

巨大な褐色の甲冑のような――ヒト型の物体だ。茶色い砂塵の上に、盛り上がった肩から上の部分がのぞく。下から仰ぐように見上げるアングルだ。逆さにしたバケツのような頭部――裂け目のような細い光が二つ。途端にカメラの視野がぶれる。撮影

者が、驚いているのか。二つの裂け目がまっすぐにこちらを見下ろす。音は入ってい
ない、しかしブンッ、と空気を切り裂くような唸りが聞こえた気がした。肩から上の
部分しか見えないが、巨大なヒト型が右腕を動かし、何かを天高く振り上げた。日が
陰る。空気が震える感じがしてカメラの視野は激しくぶれ、次の瞬間真っ黒になって
途切れてしまった。

（……）

わたしは絶句する。

映像が途切れる寸前、画面に写り込んだのは何だ……⁉

「巨大な棍棒です」

「こ？」

「棍棒」

祐子が言う。

「画像を止めて分析しました。このヒト型機械は、全高およそ二〇メートル。黒褐色の装甲に覆われ、物体を握ることが出来るマニピュレータ――つまり腕を装備しています。ヒト型機械はマニピュレータに握らせた巨大な棍棒を振り下ろし、撮影者と、その周囲の地面にあるものを粉砕しました」

「……」

「撮影者が生きているのかは不明です。動画をアップしたのが誰なのかも不明。ネットにアップされた数分後に、この画は削除されました。削除したのは中華人民共和国政府――共産党だと思われます」

祐子は言った。

動画は巻き戻され、逃げ惑う民衆へ巨大な棍棒を振り下ろす瞬間で止まる。

「この巨大なヒト型の機械は、暴徒の鎮圧に絶大な効果を上げている。ここから分かるのはそれだけです」

「こんなものが、いつ……？」

「それは分からない」

黒伏が腕組みをする。

「これが仮にロボット――巨大な『ロボット』だとするなら。中国にこんな物を造り出す技術はない。あるはずはない」

「どこかから技術をパクッて来て、造り出したのです」

鷺洲が言う。

「技術の出所はどこなのか。考えられるのは、わが国だけです」

「日本？」

「そうです。今世紀に入ってからの不況で、わが国の一線のメーカーは軒並み業績が傾き、高経験の技術者を給料が高いというだけの理由で次々にリストラしました。ロボット製作技術を持つ有能な日本のメーカー技術者がヘッドハントされ、あるいは拉致されて中国に集められたら……。そして一方では、共産党幹部は金を持っています」

「そうだ」黒伏がうなずく。「中国全体の経済は『崩壊寸前』と言われるが、共産党幹部の個人個人は莫大な資産を蓄えている。一人につき一兆数千億円と言われる規模だ。そして現在の鍔延辺《がくえんぺん》国家主席は、就任して日が浅いが、新疆ウイグル地域の民族運動制圧で功績を上げ出世した人物だ。彼にとってウイグルで暴動が拡大するのは、みずからの面子と足元を危うくしかねない。もしも有能な日本人技術者が鍔延辺から『一千億円かけてもいいから暴動鎮圧用巨大ロボット兵器を造れ』と命じられたら」

「鍔延辺国家主席は」

祐子が続ける。

「外国の租税回避地に所在するいくつかの金融機関へ分散し、二兆円近い金融資産を保有しています。たとえば一兆円かけてもいいからこういうものを造れ、と言われたら。日本の技術を使えば」

「……」

わたしは絶句していた。

さっきから、目に入るものが信じられなくて、眩暈がしそうだ。

密林の只中に出現した遭難旅客機――

その周囲を翔び回っている、ヒト型の機体……?

茶色い砂塵の上から棍棒を振り下ろして来る巨大な影のストップモーション。

(まさか)

ではこの連中――国家安全保障局が、わたしに課す〈任務〉というのは……。

唾を呑み込むと。

「音黒二尉。画面を戻します」

志麻祐子は手を動かし、テーブルの映像を元の密林の赤外線画像へ戻した。

「あなたが察している通りです」

「え」

「あなたへ依頼される〈任務〉。この場所をじかに見てきて欲しい」

「……そ」

そんな。

「他国領域内へ侵入して、偵察しろと?」

「さらに九〇分後の画像をお見せします」

4

三時間後。

「――」

わたしは格納庫の鉄板の床に立ち、F35の機体を見上げていた。

〈ひゅうが〉の格納庫は、天井の高い、直方体の空間だ。その広さはSH60対潜ヘリコプターがローターを広げた状態で七機入るという。

今、ヘリは二機だけが係留されていて、広大な空間はがらんとしていた。二機のヘリと間隔を空け、わたしのダークグレーのF35BJはタイダウンされている。先ほど飛行甲板からエレベーターで降ろされて来たのだ。

CICを出てから、わたしは自分の愛馬を心配する騎手のように、ずっと機体のそばにつき添っていた。

「二尉、思ったとおりだ」

下向きに扉を開いたウェポン・ベイ――兵器収納倉に上半身を潜り込ませていたつ

なぎ作業服の男が、わたしを呼んだ。

「来てみてくれ」

「……」

わたしは、自分が預かっている機体を、飛行開発実験団の技師以外の者に触らせるのには抵抗があった。

しかし

「任せなさい。私はこいつを設計したんだ」

初老の男はわたしに言った。

最初は冗談か、と思った。

無理やりに〈任務〉を押しつけた後。国家安全保障局の黒伏戦略班長は、わたしに一人の男を引き合わせた。NSCの嘱託技術者だという。

「ジェリー下瀬《しもせ》だ。日系の三世、ロッキード社で設計をやっていた。日本語で話してくれてかまわない、三菱の技術者とはよく話していたからな」

「音黒二尉、彼が君の機体の発進準備をする。甲板からいったんエレベーターで格納庫へ降ろし、整備してもらえ」

「待ってください」

思わず言い返した。

（――）

わたしは三時間前からの経過を思い出す。

彼ら――国家安全保障局の官僚たちは、わたしに一連の画像を見せた後、こともあろうに『F35で中国領内へ侵入して旅客機が擱座している一帯を偵察して来い』と強要したのだった。

冗談ではない。

防衛大臣からわたしへの指揮権を預かっている……？　本当にそうなのか。わたしは直属上司からは何も告げられていない。

そのことを言うと。

「防衛大臣から指揮権を委譲されていなくて、どうしてこの〈ひゅうが〉を好きに出来ると思う」

黒伏は声の調子も変えずに言った。

「俺の命令は総理大臣命令だ」

「……」

「ぶすっ、としていないで動画の続きを見ろ。さらに九〇分後のやつだ」

ＣＩＣの暗がりの中、黒伏はまた志麻祐子に「再生しろ」と促した。

「はい」

祐子の指の操作で、画面が動く。

「さらに九〇分後の画像です。同じ場所」

すると
「……⁉」

わたしは画面の様子に目を見開いた。

これは――

（赤くなってる……⁉）

さっきまで――前の動画までは赤いまだら模様の中に黒く抜けていた飛行機の〈形〉が、周囲より赤くなっている。光っている感じだ。

「炎上しています」

「……え」

炎上……⁉

「そうです」祐子はうなずく。「Ａ３３０の機体は、この周回の撮影の時点で、燃えています。前の撮影から九〇分の間に何が起きたのかは分かりません。ここを」

祐子の指が画面の一点を示すと、叩いて拡大した。

「ここに〈フェアリ1〉がいます」

「――」

「どう見えますか」

「どう――って、仰向けに倒れてる……」

ヒト型のシルエットの一つが、そこにあった。拡大されると姿勢が分かる。まるで後ろ向きに樹木の中へ突っ込み、そのまま止まったような感じだ。

「そうですね。樹木の中に尻餅をついたように倒れ、動きません。〈フェアリ2〉の姿は見えません」

「――」

「画面に、これ以上の動きは見えません」

「その画像から推察出来ることは一つだ」

黒伏が言った。

「〈フェアリ1〉と〈2〉が、何らかの理由で格闘し、その結果A330は炎上して、〈フェアリ1〉は残骸となりそこに転がっている」

「――」

「我々が危惧するのは」

黒伏は腕組みをした。

「仲間同士で闘ったように見えるのは、よく事情が分からん。ただ我々にとって一番の脅威は『これが尖閣へ来たらどうなるか』。その一点だ」

絶句しているわたしに、黒伏は重ねて告げた。

「音黒二尉。ここに三日前から中国のヒト型兵器の残骸が倒れている。奴らはこれをウイグル自治区で暴徒鎮圧に使い、絶大な効果を上げた。巨大な棍棒を振り回し、地面にあるものを粉砕する。攻撃用兵器としてはどうかと思うが、威圧力と近接破壊力は凄い」

「――」

「中国は、以前から一千隻の漁船をもって尖閣諸島魚釣島へ来襲し、一万人の漁民を無理やり上陸させて占領する計画を立てている。わが国としては尖閣の領土警備は海上保安庁が行い、武力攻撃を受けた場合は政府の内閣安全保障会議がこれを『侵略』と断定すれば総理が防衛出動を命じて自衛隊を出動させるが、あくまで中国の漁民を防ぐのは海保だ。数隻の巡視船では一千隻の漁船の群れは防ぎ切れない。しかしそれが分かっていながら、いまだにこの計画は実行されずにいる。いや奴らは出来ずにいる。なぜだと思う」

「わかりませんけど」

いったい、どうして唐突に尖閣諸島へ話が飛ぶ……？

わたしは頭を振った。

「何が言いたいのです」

この黒伏という男、何を言いたいのか。わたしはなかなか本題に入らない男を好きではない。自分の隠し持った秘密を、さも得意そうにこね回す。本当に実力のある奴はそんなことはしない——と思う。

「中国には、人民はいるが国民はいない。それが理由だ」

「？」

「あの国には——国という体をなしているのかどうかも分からないが、中国には国の利益のために生命がけで何かやってやろうなんて考える人間は、一人もいないのだ」

「……」

「漁船一千隻、一万人となれば、これまでの小競り合いのように兵隊を漁民に扮装させて使うわけにはいかない。大部分が本物の漁民になる。しかし一般の中国の人民は、子供の頃から反日教育で『日本人は南京で三〇万人を虐殺した恐ろしい悪魔のような奴ら』だと教わっている。中国じゅうの子供が修学旅行で南京の〈虐殺資料館〉へ送り込まれ、人民を残酷に殺す恐ろしい蝋《ろう》人形をこれでもかと見せられている。だから共産党の命令を聞いて尖閣へ無理やり上陸すれば、あの蝋人形みたいに殺されると思っている。実際には海保は弱腰で、おそらく漁民が押し寄せても発砲など出来ないだろうが、漁民たちは反日教育が災いして、恐がってお上の言うことを聞かない。だから尖閣は、かろうじてまだ無事なのだ」

「……」

「だが」

黒伏は、自分でテーブルに手をついて画面を変え、茶色い砂塵の上に姿を現す巨大なヒト型のストップモーションを拡大して見せた。

「もしもこれが、漁民の先頭に立って島を襲って来たらどうなる」

「……？」

「棍棒をふるって海保の巡視船を叩き壊し、漁船団接近の報を聞いてあらかじめ島に上陸し待ち受けていた沖縄県警の機動隊をも叩き潰し、皆殺しにしたら？　この巨体が先頭に立てば、皆殺しになるのは日本の方だから、中国漁民は一万人どころか、今度は褒美《ほうび》欲しさに十万人でも来るぞ。尖閣諸島はたちまち中国の実効支配下だ」

「……」

「いいか音黒二尉」黒伏は神経質そうに前髪をかき上げながら言う。「奴らはこのヒト型を使えば、銃弾は一発も撃たないで済む。一発も発砲せず、海保と機動隊を皆殺しに出来る。奴らは国連の安全保障理事会では『新型の土木機械を自分たちの領土へ持ち込んだだけだ』と主張するだろう」

「土木機械……？」

「棍棒は地ならしの道具だ、これは武装していない土木機械だと常任理事国の中国が言い張れば、トラブルに巻き込まれたくない連中は皆黙ってしまうさ。そして尖閣が中国の実効支配下になった瞬間、アメリカはあの島を日米安保条約の対象から外す。安保条約の対象は、あくまで日本の施政下にある地域のみだ。アメリカも面倒が嫌だから、逃げてしまう。そうなったらどうなる」

「音黒二尉」

鷺洲が横で口を開いた。

「わが国の領土は、我々日本人の手で護らなければならないのです。そのために、必要なことをしなくては」

「……」

わたしはF35の機体の横で、息をついた。

自分がなぜ、今回の艦上運用試験に割り振られたのか、合点が行ったのだ。妻子持ちのテスト・パイロットが中国の奥地へやられて『戦死』でもすれば（国民への説明は『テスト飛行中に行方不明』とかで済ますのだろうが）、社会的影響が大きい。妻や子供が可哀想、というよりも大方あの黒伏という男が考えているのは、残された家族のことをマスコミが大げさに取り上げて騒ぐと機密がばれるリスクが高まる――そういうことだろう。

わたしはとりあえず、着艦時に機体センサー系統に不具合が起きた事実を持ち出し、すぐに出動するのは無理と訴えた。ヘルメット・マウント・ディスプレーに赤外線画像が映らないのでは、靄で視界のきかない山岳地帯を低空で飛ぶことは出来ない。

しかし

「心配するな」

黒伏は言った。

「飛行開発実験団の技術者たちまで、秘密任務に巻き込むわけにはいかない。我々独自でＦ35のエキスパートを雇った。軽微な不具合など、すぐ何とかしてくれる」

「……は？」

「飛行甲板へ降りよう。降りながら説明する。時間が惜しい」

黒伏はわたしを促し、側近のスタッフ数名を後に引きつれてＣＩＣを出た。

「それより、無人機を使ったらどうなんです？」

仕方なく連れだって歩きながら、わたしは長身の男に訴えた。

もしも、この男の命ずるまま中国の奥地へ侵入したとして――自分がどうなるかよりも、日本全体に対して懸念がある。大きな国際問題になりはしないか……？

一応、初めから志望したのではないとは言え、わたしは防大の卒業生だ。航空自衛隊の幹部としての自覚もある。F15に乗っていた頃は、スクランブルで上がって中国機とも並行して飛んだ。そのとき頭にあったのは『滅多なことをして国際問題にしてはいけない』という強い自制の念だ。空自の幹部パイロットなら、誰でも自分個人の軽率な行動が簡単に国家間の衝突に結びつく、と知っている。危険を実感している。

現場の感覚に比べると、この連中――NSCの『ちょっとそこまで調べに行け』という〈命令〉はひどく簡単で、乱暴だ。後先のことをちゃんと考えているのか。

だが

「無人機ならとうに試した」

歩きながら黒伏は言う。

「出来るかぎり低空で飛ばしたが、中国沿岸に接近させたところで防空レーダーに捕まった。やむを得ず、敵方の要撃を受ける前に自爆させた」

「……」

「判断力のあるパイロットを乗せた、有人ステルス機でなければこの〈任務〉は無理だ。技術者に会わせる。こっちだ」

エレベーターで五階下まで下り、甲板へのハッチを開くと、流れる白い水蒸気の中、わたしのF35Bにトーイング・トラクターが接続されるところだった。

「ちょっと……！」

わたしは思わず走った。機体の横へ駆け寄り、作業の指揮をとっている男に「ちょっと待って」と訴えた。

「止めて。勝手なことしないで」

「大丈夫だ、お嬢ちゃん」

そのつなぎ作業服は、〈ひゅうが〉の正規の整備員たちのものとは違う。色も違うし、年季の入った感じ。それが甲板要員たちを指揮して、小型トラクターの牽引バーをわたしの機体の前脚に繋ごうとしている。冗談じゃない、取扱マニュアルの教育も受けないで、ぶっつけでF35の機体に触ろうというの――⁉

だが

「あんたの心配は分かるが、任せなさい。私はこいつを設計したんだ」

「……⁉」

日本語のイントネーションが少し変だ。見返すと、黒いサングラス。わたしよりも長身で、黒いキャップの下の髪は白い。年齢は、かなり行っている……？

いやそれより、今なんと言った。

「誰ですか」

「ジェリー下瀬だ」

男はサングラスのままにやりとすると、アメリカ人のように右手を差し出した。

わたしが握り返さず、睨んでいると、苦笑した。

「日系の三世、ロッキード社で設計をやっていた。日本語で話してくれてかまわない、三菱の技術者とはよく話していたからな」

「音黒二尉」

背中に黒伏が追いついて来て、言った。

「彼が君の機体の発進準備をする。甲板からいったんエレベーターで格納庫へ降ろし、整備してもらえ」

「待ってください」

思わず言い返した。

「わけの分からない部外者に、機体を触らせるわけにはいかないわ」

Ｆ35は国防機密の塊《かたまり》だ。いやそれ以上に、機体システムを知らない者に勝手にいじられて壊されたらかなわない。ただでさえ、ＨＭＤの調子が悪いのに――

「着艦の直前、ＨＭＤがいかれたんだろ」

「え」

「見ていたから分かる。あのふらつき方は、パイロットが急に下が見えなくなって慌てた時のものだ。だがあんたは優秀だから、すぐ姿勢を立て直し、赤外線で下が見えなくてもブタ勘で降りてきた。度胸のある奴だと感心していたら――フフ、こんな若いお嬢ちゃんだとはな」

「……」

「すぐ直るよ。ユニットごと交換する必要はない」

「えっ」


それが三時間ほど前。

「二尉、思ったとおりだ」

〈ひゅうが〉甲板後部のエレベーターに機体を載せ、艦内格納庫へ降ろすと。男――ジェリー下瀬とか名乗った初老の技術者は、機体下側の整備用アクセス・パネルの蓋を開け、中のスイッチでウェポン・ベイを開かせた。

わたしは目を見開いた。男の操作で油圧ロック機構が外れ、F35の左側ウェポン・ベイの扉が自重でバクッ、と下向きに開く。マニュアル（軍用機の場合テクニカル・オーダーと呼ぶが）も見ないで、隠しパネルの位置がなぜ分かる……？

それから下瀬という技術者は、フラッシュライトを片手にウェポン・ベイの中へ上半身を潜り込ませ、しばらく内部の配線を調べていた。

「来てみてくれ」

「……」

言うことを聞くのには、少し躊躇があったが。

機体のことは隅々まで分かっている、と言いたげな語調に最後は釣られた。

かがんで、実験団から預かった機体の腹をくぐり、ウェポン・ベイに上半身を入れる。テスト用に装着してきたＡＡＭ３が一発、ＡＡＭ４が一発。いずれも白いミサイル弾体が扉裏側のランチャーに取り付いている。実弾だ。

「ここを見てくれ」

初老の男は、手にしたライトで兵器倉の天井部を指す。

「焦げた跡がある」

「……？」

わたしはまた目を開く。

微かだが、確かに――塗料が茶色くなっている。それに焦げ臭い。

これは……。

「Ｂ型は」

男はわたしに説明した。

「垂直降着時に、ウェポン・ベイが自動的に開く。ベイの扉で甲板に当たって戻る気流をつかまえ、クッションにするためだ。ところが洋上では空気が塩分を含んでいるため、被覆が十分でないと熱と塩で簡単に配線をやられる。機体下面各所のＥＯＴＳ電子光学センサーからベイ内を通ってセントラル・コンピュータへ入っている配線がダメージを受け、ＨＭＤの画像が途切れるトラブルが、すでにアメリカ海兵隊でたびたび起きている。これに対応するロッキード・マーチン社のサービス・ブリテンが出されたばかりだ。岐阜の飛行開発実験団へも、来週になれば届くはずだ」

「……」

わたしは目をしばたたく。

実験団より、情報が速い……？

「光ファイバーの配線を替え、新たにコーティングを施す。メーカーのサービス・ブリテン通りの修理が出来るよう、すでに用意はしてある。二時間待ってくれ」

「その間、仮眠でもされたらどうですか」

ウェポン・ベイから出ると、機体のそばに白いスーツ姿がいた。

志麻祐子だ。やり取りを聞いていたのか。

「音黒二尉、日没後に発艦してもらう予定です。今朝岐阜から飛んで来ただけでも、疲れたでしょ。部屋を用意させます」

5

「――」

わたしは簡易ベッドに腰を下ろすと、息をついた。

〈ひゅうが〉居住区の女子幹部区画の一室――というか、コンパートメントの一つ。欧州出張の時に乗った長距離列車の個室寝台のようだ。小さな机と、壁から引き出してセットする簡易ベッドがある。それだけで一杯の空間だ。

天井灯を点けず、薄暗い中で後ろにまとめた髪を解いた。

小松の飛行隊にいた頃、髪は男のように短くしていた。飛行開発実験団に移ってからは少し伸ばした。肩までの長さは邪魔になるほどではないが、フライトの時には後ろで縛ってヘルメットを被る。顔には一切何もつけない。フライト中は顔面に酸素マスクを密着させるからだ。

バッグとか、持ち物は無いのですか？　ここへ案内されるとき志麻祐子に訊かれた。

私物は持って来ていない。戦闘機の機体に余分な収納空間は無い。それでも、泊まりの日程でテスト飛行に出る時は機関砲の弾倉スペースに小型ザックを無理やり詰め込んだりするが、今回は翌日に整備班がオスプレイで来てくれる。あらかじめ彼らに、スーツケースを一つ預けていた。一晩くらいは何とかなる──そう思っていた。

（寝れないな……なんか）

仰向けになるが、眠くはならない。

疲れてはいるはずだけど──

目をつぶる。

闇の中で、身体が微かに上下する。この巨艦──〈ひゅうが〉が海面を分けて前進しているからだ。

（……）

なんだか懐かしい、この感じ……。

ゴォンゴォン──

固いマットレスを通し、機関の響きが背に伝わって来る。この感じは──

──『パイロットになるんだ』

ふいに、声が蘇った。

誰なのかは分かる。

十四歳の、少年。

――『姉ちゃん、俺、パイロットになるんだ。戦闘機パイロット』

(――)

目をつぶったまま、唇を噛む。

どうして思い出すかな……。

この声――

「――そうか」

艦の動揺が、似ているのだ。

あの時のフェリーに。

高二の夏休みだった。弟と二人で仙台から夜通しフェリーに乗り、北海道へ旅行した。ざこ寝の二等船室で仰向けになり、隣同士で話をした。弟は中二だった。わたしは東京の学生寮住まいだったが、帰省した折『来年はお互い受験だから』と、二人して出かけたのだった。

弟は、百里の航空祭でF15戦闘機を見てきたのだという。高校を出たら防衛大学校に進むか、航空学生になって、将来は戦闘機パイロットになると興奮した口調で話した。

「ふうん」

「笑うなよ姉ちゃん」

「あんた、勉強してるの」

「桜蔭に入った姉ちゃん程じゃないけど。ちゃんとやってるよ」

まさか。

わたしが、あなたの代わりに戦闘機に……

唇を噛み、目を開けた。

天井が見える。

（いったい、今海の底のどこにいるのよ。直樹）

寝返りを打った。

なんで、こんなこと思い出すかなぁ……。

過酷な〈任務〉の前に。

眠れないじゃないか。

「そうだ」

あいつのせいだ。

音黒二尉って、どうして戦闘機パイロットをしているんですか？　この個室へ歩いて来る途中、志麻祐子が世間話のようにして訊いたのだ。

見た目の印象で、不思議に感じたのだろうか。眼鏡をかけて白衣でも羽織っていた方が似合うとでも思ったか（あいにくだが視力は左右とも一・五だ）。

「専門は物理なんだけど」わたしは答えた。「でも、防大ではみんなP適試験を受けるから――わたしは開発者でよかったのに、適性がいいから訓練を受けろって言われて」

「それで飛行幹部候補生に？」

「F15Jです。さっき鷺洲という人が読み上げたとおり、実戦部隊も二年経験しました。頭で飛ばすF2の方が、向いている気もしたんだけど――パイロットよりもエンジニアに向いているんです」

自分のことを、控えめに話した。

あまり話したくはない。過去のことをつつかれたくない。過去を思い出すのは、わたしにとって眠らせた記憶をわざわざ心の奥から引っ張り出すことだ。防大の志望動機なんて一番訊かれたくない。志望したんじゃない、親も、弟も、家も何もかもが流され、独りになったわたしには大学で勉強したければ防衛大学校へ進む以外に選択肢がなかった。

あれが起きた時――わたしは高二の終わりで、都内の寮にいた。福島県の海岸にある実家から独りで東京へ出て、私立の女子高校へ通っていた。一夜にして家族も親類も家も、何もかもが地上から消え去ってしまった。わたしはこの世に独りにされた。

しばらくは呆然として、何も出来なかった。

「でも、戦技競技会で優勝したんでしょ。新人二年目で」

「チームで勝ったんです」

人事ファイルの内容を、突っ込んで訊いて来るような志麻祐子に適当に応え、わたしはあてがわれたコンパートメントに入ると「じゃ、休みます」と断ってドアを閉めた。

「あぁ、眠れん」

わたしは舌打ちすると、ベッドに起き上がった。

「眠れない。航跡図《こうせきず》描こう」

小さな机に向かう（ベッドを降ろしている時には、ベッドに腰かけて使うのだった）。読書灯を点ける。ボールペンは飛行服の袖のポケットにあった。

「紙」

紙はないか……？　引き出しを開けると、前の居住者が移る時に置いて行ったのだろう、横須賀駅前のスーパーのちらしが一枚、残っていた。

「懐かしい。防大の学生の頃、シャンプー買いにときどき行った店だ」

裏返すと、白い。

ちらしの裏か――

（でも、いいや）

わたしは、広げるとB４サイズになるちらしの裏に、今朝岐阜の基地を出るところから始めて、フライトのすべてを思い出して書き始めた。気象、積んだ燃料、重量の計算から飛ぶ前に機体を点検した時の様子、乗り込む直前に〈目的地〉の緯度・経度のデータを知らされ戸惑ったこと、F35のFMC（フライトマネージメント・コンピュータ）に入力する時に困ったこと――エンジン・スタート後の手順が一つ抜けたことや、岐阜の管制塔から言われた地上滑走の指示がいつもと違っていて戸惑ったこと。

あぁそうだ、スタート後の手順が一つ抜けたのは、岐阜タワーがいつもと違う変な指示を出したからだ……。そっちに気を取られて、忘れた。

「あっち側のタクシー・ウェイは、普通使わねぇだろ、タワーのバカ」

つぶやきながら、なぜ自分がミスをしたのか、思いついた原因を岐阜基地の誘導路を描いた図の上に書き加える。書いていると、次にどうすればいいか、対策が浮かぶ。「アフタースタート・チェックリストを済ませてから地上滑走をリクエストするようにすれば、絶対手順は抜けない――と」

この作業をわたしは『航跡図描き』と呼んでいる。

フライト中にあったことを、全部思い出して白い紙に描く。だいたい一時間のフライトの内容を思い出して描くのに三時間かかる。

新人が訓練に入る時、こういうことは大事だ、やれと教わる。しかし自分くらい徹底してやっていた者は少ないと思う。わたしはフライトが終わってから同期生同士で呑みに行ったりしないから時間がある、というのも理由だが、昔から『テスト直し』の習慣が身についているせいもある。

中学受験の頃、通っていた地元の進学教室で「戻ってきた答案は宝の山だ。テスト直しを習慣にすれば必ず志望校に受かる」と言われ、それを真に受けてわたしは愚直に『テスト直し』をやったのだった。試験で自分が間違えた問題、歯が立たなかった問題を「なぜ間違えたのか、なぜ全然出来なかったのか」考えながら愚直に繰り返しやり直した。戻ってきたテストをすべて、愚直に繰り返し繰り返しやり直して、出来なかった問題も解き方を全部覚えてしまった。それを繰り返していると。どうだろう、本当に出来るようになる。テストで問題を見た瞬間「これはこうすればいい」と分かるようになる。入塾した頃は四〇台だった偏差値が小六の十二月には七〇に届き、わたしは福島県でただ一人、〈女子の開成〉と呼ばれる学校に合格したのだった。

才能はなくても、愚直に繰り返して研究すれば必ず出来るようになる――十三歳の春に悟った人生の真理の一つだ。

防大に在学中、航空機は物理の研究の対象として興味を持っていたが、まさか操縦者になるとは思わなかった。卒業と同時に空自に任官し、飛行幹部候補生を命じられた。

やる以上はやるか、と思った。十四でこの世を去った弟の直樹が、戦闘機パイロットになりたがっていた。姉ちゃんが代わりになってやる、とも思った。

防府基地で飛行訓練に入ると、もちろん最初のとっつきは悪い。自慢ではないがわたしは今でも運転免許を持っていない。自転車には乗れるが、大きな乗物の操縦なんて生まれて初めてだった。プロペラ単発のT7練習機がとにかくまっすぐ飛んでくれない。あっちへフラフラ、こっちへフラフラと姿勢がひとところに落ち着く時がない。

初めの三回の訓練フライトは、どこを見て飛んでいたのか自分でも思い出せない。教官は「水平線を見ろ」と言う。水平線を見れば機体は傾かないし高度も狂わない、と言う。言われたとおりに一生懸命、水平線を見る。でも落ち着かない。飛行機はフラフラ傾いてしまう。すると「降りてから航跡図を描け」と言われた。その日のフライトを、準備段階から自分のやったことと考えたことと飛行機の動きを図にして全部描け、と言う。これもそのとおりやった。すると「あっ、これはテスト直しだ」と気づいた。

水平線を見ろと言われて必死に見ているのに機がフラフラ傾く――と書いていてハッ、と気づいた。わたしは「水平線を見ろ」と言われて、前方の水平線上の一点だけを見ていた。

そうか。前方の水平線上の一点だけを見ていたのでは、物理で言う『自由度が無限』の状態だから、機がフラフラ傾くのは当然だ。教官の言う「水平線を見ろ」はそういう意味じゃなかった。では、次のフライトでは真ん前ではなく、横に広がる水平線の左右の端の二点を、目の両端で掴むようにしたらどうだろう……。二点で決めれば、直線は一本しか出来ない。

四回目のフライトで、考えたとおりにやってみた。途端にT7の姿勢は空中でピタッと止まり、微動だにしなくなった。

地上滑走も同じだった。誘導路のセンターラインの一番奥を見ろ、と言われてその通りに見て走っているのにフラフラとS字走行を繰り返していた。これも、センターラインの一番奥の一点と、自分の持つ操縦桿の上端を縦に同時に目で挟むようにして直線を作ったら、あれだけ蛇行を繰り返したじゃじゃ馬のようなT7がピタッ、とまっすぐ走る。走行ラインはもう微動だにしない。今度も「音黒どうした」と驚かれた。

それからは、フライト訓練が終わると、その日の『航跡図』を描くことに没頭した。

訓練生でもわたしたちは防大出の幹部だから、日常生活までとやかく言われない。一日の訓練が終われば、基地の外へ呑みに行くことが出来る。同期生たちは連れだって毎晩のように外で憂さを晴らしていたが、わたしは机に向かい続けた。一時間のフライトの内容をすべて描き出すのに三時間かかる。それを済ませ、改善点を見つけてから翌日のフライトの内容を三時間かかってイメージ・トレーニングする。一時間のフライト訓練のために予習と復習で六時間かけた。これで上達しないわけがない。六〇時間の初等課程が終了する頃には、わたしの技量は同期生でトップクラスになっていた。何より教官たちから「音黒は精密な操縦をする、テスト・パイロットもやれるんじゃないか」と言われたのが嬉しかった。

精密な操縦が出来るようになると、不思議にブタ勘も育って来る。描いた『航跡図』が五〇〇枚を超える辺りから、わたしは三次元空間の『あそこへ行こう』と考えるだけで、手足が勝手に動いてくれるようになった。

Ｔ４中等ジェット練習機を修了する頃には、描いた『航跡図』は一〇〇〇枚を超えていた。浜松基地でウイングマークと一緒に優等賞をもらい、Ｆ15に進んだ。新田原基地では空中戦の機動も全部、終わってから紙に描いた。うまくいった時は全部思い出せるし、ひどかった日はなかなか思い出せない。それでも毎日描き続けていると、どういう時、どうやれば一番早く敵の後ろを取れるのかが分かるようになる。意外だが空中戦の上達は、紙の上での研究が九割だとわたしは思う。描いた『航跡図』が一五〇〇枚を超えると、空中で敵編隊と相対した瞬間「あ、こうすれば後ろを取れる」と直感で分かるようになる。小松基地へ配属された二年目、戦技競技会で対戦した飛行教導隊は強敵だったが、教導隊の隊長機よりもわたしの方が直感で動き出すのが一秒速かった。女子の声を無線のボイスで聞いて、おそらく油断したのだろう。そうでなければわたしの率いる新人ばかりの編隊に、あの飛行教導隊が全滅させられるわけがない。

「ふう」

今日は、岐阜基地から南シナ海のここまで洋上飛行——航空路とも外れた空域を単機で飛んだ。〈目的地〉として示された座標の一〇〇マイル手前で、F35BJのAN／APG81レーダー火器管制システムを起動、空対地モードで海面をスイープすると、遥か前方を航行する〈ひゅうが〉を捉えた。レーダーを合成開口モードに変えると、前方の海面からの反射が画像として計器パネルの液晶ディスプレーに映し出される。ズームイン機能を使うと小さな点のように見えていた何かが、拡大されヘリ搭載護衛艦の姿になった。いた、あそこだ――わたしはレーダーを切り、後はＥＯＴＳの赤外線索敵に切り替える。電波を出したのが短時間だったので、〈ひゅうが〉はわたしの接近に気づかなかった。そのままどんどん接近しても気づく気配が無いので、こちらからデータ通信で短く『アプローチ開始』を伝えた。少し慌てた様子で『着艦許可』の返答が来た。

降下して、母艦の真上に占位するところまでの航跡を白い紙の上に描いた。自分の行なった手順もすべて書き入れた。速度をおとすと機体は自動的にＳＴＯＶＬモードになり、エンジンのノズルが下を向いて同時にわたしのすぐ背中でリフトファンが廻り出す（これがギア駆動だからうるさい）。両翼端でロール制御用の圧力噴射口が開く。機の横の操縦が空力舵面から反動コントロールに替わる。機体の下の赤外線画像をヘルメットのフェース・プレートに投影し、着艦に入るところまで描いてから、一息ついた。

「……突然、ＨＭＤがアウトになることって、これからもあり得るよな」

わたしは頬杖をつき、ペンでこめかみをつついた。

「どうすっかなぁ、戦闘中にそうなったら――ふぁ」

ようやく、眠気が込み上げてきた。

そうだ、寝ながら考えよう。

わたしはそのまま簡易ベッドに仰向けになった。

意識が薄れた。


「音黒二尉、音黒二尉」

揺り起こされ、目を開けた。

「――う」

眠いじゃないのよぅ……！　という感じで睨みつけると、目の前に志麻祐子の白い顔があった。

「起きて下さい、ブリーフィングが始まります」


「眠れたかね。二尉」

エレベーターで艦橋を上り、再びＣＩＣの薄暗がりへ足を踏み入れると。

作戦図台から長身の男が振り向いた。

今度はその黒伏の横に、白い制服の士官――島本艦長も一緒だ。

「寝れました」わたしは髪を直し、うなずいた。「三十分ほどですが」

「体調は？」

「大丈夫です」

台の上には再び海図が広げられている。鉛筆で引かれた航跡の線――ＧＰＳで位置がリアルタイムで分かるというのに、航海士たちは紙の上に針路と現在位置を描き込まなければ気が済まないのだろうか。

「特別任務、ご苦労だ二尉」

島本艦長が言った。

「早速だが、今夜の行程を説明しよう」

島本艦長は台上の海図を指した。

「本艦の現在位置は、ここだ。ＣＧ画面でも位置を投影出来るのだが、私はＧＰＳは信用しない主義でね。あんなものはアメリカが電波を止めたら終わりだ」

「はぁ」

「この海域は今の時季、大陸からの冷たい季節風が暖かい海面の上に流入し、このような濃霧をつくる。本艦は日没と同時に針路を真北へ取り、海南島とベトナム国境に挟まれた中国大陸のこの海岸線へ接近する」

「……」

わたしは、艦長の指す大陸の海岸線を見やった。

まじか――

あらためて、背中をひやっとした感じが襲う。

単独で、この海岸線を越えてわたしは内陸へ入るのか……。

島本艦長の人差し指が、海図の一点を叩いた。

「ここだ。海岸線へ一〇〇マイルの位置まで接近したら、発艦しろ」

「その後のコースですが」

鷺洲が、後を受けて説明した。

指揮棒を取り出して指す。

「〈フェアリ1〉の残骸が転がるのはこの位置です。雲南省の山岳地帯、標高は五〇〇〇フィートです」

「五〇〇〇……？　そんなに」

「三日前から、そこにも濃霧が立ちこめている」

黒伏が言った。

「カルスト地形で、密林から石林と呼ばれる尖った岩山が林立している。今、通常の航空機――へリなどでこの一帯へ接近するのは不可能だ。もしも中国当局が、A330や〈フェアリ1〉の残骸の存在を知っていて回収したくても、空からの接近は霧が晴れるまで当分無理だ。陸路は道が無いのでさらに難しい」

「視界ゼロのカルスト地形に分け入って、調査出来るのはF35BJだけです」

鷺洲が続けた。

「座標は精確に分かっています。二尉、この地点へ飛び、〈フェアリ1〉の残骸をあらゆるセンサーで走査、取得したデータを衛星経由で送信して下さい。もしもパーツが飛び散っているようなら、出来れば着陸しサンプルを手に入れて欲しい」

「サンプ――」

わたしは絶句する。

簡単に言う……。


「あの」

わたしは目を上げると、黒伏に言った。

「もう一度、現場の赤外線画像を見せてもらえますか。衛星からの」

「かまわんが」

台上から海図が取りのけられ、今度は黒伏の操作でテーブル全体が明るくなる。寝る前に見せられた、山岳地帯の赤外線画像がパッ、と現れる。

「これは最新のものだ。先ほど衛星が上空を通過し、撮影して送ってきた」

「旅客機、まだ炎上しているのですね」

わたしは、テーブルのひと隅で赤く光るような飛行機の形を指した。

密林の中、仰向けの姿勢で擱座したヒト型――〈フェアリ1〉の横、目測で五〇〇メートルほど離れているか。

「まだ赤い。消えてない」

「そのようだ。消火する者がいないからな」

黒伏はうなずいた。

「山岳地帯で火災が続けば、人目を引く。中国以外の、さまざまな国の衛星にも、この様子が探知された可能性がある。急がねばならん」

「あの。それで」

わたしはまた、質問する時の癖で右手を挙げながら
「生存者を発見した場合は、どうしますか」

「――生存者?」

黒伏はけげんな顔をする。

「〈フェアリ1〉の搭乗者か」

「両方です。エアバスと、そのヒト型――有人の乗り物であるならば、ですが」

「音黒二尉。我々は日本独自の文化の影響を受け、巨大なヒト型兵器といえばパイロットが乗っているものと思い込みがちだが、ウイグル自治区の個体を含め、これらのヒト型が有人であるかどうかは全く分かっていない」

「それは、そうですが。ヒト型のことはおくとしても、エアバスの乗員や乗客で生存者が現地にいて、それを見つけた場合は」

一人乗りの戦闘機では、ほとんど何も出来ることは無い。

それは分かってはいるが──

「ううむ、そうだな」

黒伏は腕組みをした。

「本来なら、日の丸をつけたF35を見られたら、皆殺しにするのがベストなのだが」

「……え？」

「そういうわけにも、いくまい」

「え、いや、あの」

「ま。いいんじゃないですか」

鷺洲が横で言う。

「マグニフィセント八〇七便に日本人の乗客がいなかったのは、分かっています。日本人は乗っていないのですから、ほうっておけばいいでしょう。もし音黒二尉の機体を目撃した生存者が、後で中国当局に救出され、何か証言したとしても」

「いや」黒伏が頭を振る。「心配はいらない。たぶん中国当局は、霧が晴れたら軍を派遣し、生き残りの乗員と乗客を皆殺しにするだろう。共産党幹部の子供まで殺すかどうかは分からないが、奴らの機密のヒト型兵器同士が格闘し、一機が破壊され擱座《かくざ》するところを見たのだ。機密の保持のため、俺が中国の最高指導者ならそのように命令する」

「……」

「ということで音黒二尉」

「……は？」

「特に何もするな」

「何も……って」

「マグニフィセント八〇七便の機体の方へは、なるべく近づくな。君の任務は〈フェアリ1〉の残骸の調査だ。八〇七便がそこへ『出現』したことは確かに謎だが、今我々は中国のヒト型兵器が尖閣へ現れた時の対応策を、急いで練らなくてはならない。そのための強行偵察だ。今回は災害救援のようなことは、一切考えなくていい」

6

三分後。

わたしは再びエレベーターに乗り、甲板レベルまで降りると〈ひゅうが〉航空隊の搭乗員待機室に入った。

革張りのリラックス・チェアがずらりと並び、海図を背にした演壇に向いている。対潜ヘリの搭乗員たちが発艦前に作戦の説明を受ける部屋だが、この濃霧だ。

(――わたし一人、か……)

視界ゼロに近いのでは、ＳＨ60の飛行オペレーションは出来ないから、待機室はがらんとしていた。

独りでチェアの一つに身を沈め、息をついた。

飛行服の袖をまくってみる。

油性のペンで、腕に直接書いた数字がある。ＮとＥで始まる二列。そのほかには命令書も、メモも無い。ＣＩＣで偵察する目的地の緯度と経度を知らされ、メモを取らずに腕に書けと言われた。強行偵察が行われた証拠は、一切残さないつもりか……。

「……」

災害救援は、するな――か。

天井を見た。

配管が、幾何学パターンを描いて走っている。ゴォンゴォン――と機関が艦を推進する響きが、革張りのチェアをとおして背に伝わる。

この海は、繋がっているのだ。ずっと前、わたしの家族を呑み込んだ――

「――」

目を閉じかけて、やめた。

思い出しても、仕方ない。わたしは二十六になったが、記憶の中の弟はいつまでも十四のままだ。

「音黒二尉」

ふいに背後の入口から、声が呼んだ。

振り向くと、五十代の士官――島本艦長だ。

「艦長」

「すまんな」

艦長はわたしの横へやって来ると、チェアの一つにもたれるようにして腕組みした。

「あの連中には、文句を挟まず協力しろ――そう命じられている。だからさっきは発言を控えたが」

「――？」

「君の気持ちは分かる。私も本艦艦長の任に就く前、輸送艦〈しもきた〉の航海長だった。あの災害の時は三陸沖へ救援に出た」

「……」

「家族が、被災されたそうだな」

「はい」

「お気の毒だ」


島本艦長は胸ポケットから紺色の箱を取り出すと、中の一本をくわえた。

「君は？」

「いいえ」

「そうか」

わたしが頭を振ると、艦長は小さなライターを取り出して自分で火をつけた。

「ずっとやめていたんだが——艦長の任に就いてから、いろいろとあってな。また吸うようになってしまった。しかもこの強いやつでないと、効かん」

「艦長」

わたしは海の男に訊いた。空自と海自で所属は違うとは言え、防大の先輩と後輩だ。その点で親近感がある。

「ところで、大丈夫なのですか。中国の沿岸へ一〇〇マイルまで近づいて」

「うん、それなんだが」

島本一佐は煙を吐いた。

「実は、本艦の前方の海域へあらかじめわが海自の潜水艦が展開し、哨戒に当たってくれている。中国艦や、中国の潜水艦に出くわしそうなら衛星経由のレーザー通信で知らせて来る。お陰で本艦はレーダー電波を一切出さずに航走出来る」

「そうですか」

「あの下瀬という元スカンク・ワークスの技術者に、海図を検討してもらった。F35の戦闘行動半径について訊いた。彼によると、ぎりぎり一〇〇マイル沖からなら、低空で〈目的地〉へ向かい、十五分間の低空偵察行動を実施してから再び帰還して来られる」

「そうですね」

わたしは暗算して、うなずく。

「だいたいそんな感じです」

それよりも。

スカンク・ワークス……？

艦長が口にした、あの初老の技術者の素姓。

その名称に注意を引かれた。スカンク・ワークスは、旧ロッキード社の特殊設計チームの名だ。日本語に訳すと『けったいな物を造る集団』。そんなところにいた男なのか。

どういう経緯で日本の国家安全保障局に雇われた……？

訝っていると
「音黒二尉」

島本一佐は、白い制服の腰の後ろから何か抜き出した。

黒い物体を、わたしのチェアのメモ台の上にゴトリ、と置いた。

「君はテスト飛行のつもりで来たなら、これは持っていないだろう」

わたしの前に置かれたもの。

これは……。

シグザウエルＰ２２８――電灯の下に黒光りする一丁の自動拳銃だ。

「はい、持って来てません」

「うん」

島本艦長はうなずいて、また腕組みをした。

「実はな。さっき黒伏班長が下瀬技師を呼んで、君のＦ35に自爆装置をつけるように依頼した。遠隔操作の出来る自爆装置だ。君がもしも奥地で中国の勢力に包囲され、脱出出来そうにないと分かった時――情況は衛星経由のデータリンクで、リアルタイムでモニター出来るからな。こちらの判断で君の機を自爆させられるようにしようとした」

「……」

「私は、初めて怒鳴ったよ。『馬鹿にするな』とね」

「……？」

「自衛隊幹部を、馬鹿にするな。万一、侵入がばれて包囲され捕まりそうになった時は、国際問題化され日本の立場を危うくしないよう音黒二尉は適切な処置をとる」

「……」

「それの使い方は、分かるな」

「は、はい」

わたしがうなずくと。

艦長は背中を向け、立ったままショートピースをふかし、煙を吐いた。

「あぁ、全然ニコチンが効かん」

「艦長」

わたしは立ち上がると、ぺこりと礼をした。

「ありがとうございます」

「何、念の為だ」

艦長は煙草を振ると、そのまま後ろ姿で搭乗員待機室を出て行く。

「任務を済ませ、無事で帰って来い。待っているぞ」


「――自決用、か……」

拳銃を見た。

自衛隊幹部が拳銃を携帯するのは、窮地に陥った時にそこを脱するためと、自決のためだ。半分以上は自決のためだから、射撃の腕はなくてよい、と言われている。

わたしはメモ台に置いたシグザウエルを手に取った。

「使い方、覚えてるよな――これ」

死は、わりと身近だ。あの高三の春からそうなった。

それが予告も無く、突然訪れるものだということも頭では理解している。早いか、遅いかの違いだ。

ひょっとしたら、後を追うことになるかな……

(なんてね)


十五分後。

待機室で、呼ばれるまで寝ていようと思ったが眠れなくなった。

わたしはまたエレベーターに乗り、さらに降りて格納庫へ出た。

金属音がする。水銀灯の下で、岐阜から乗ってきたF35BJは整備を受けていた。

「自爆装置、つけることになったぞ二尉」

わたしが近寄っていくと。

ジェリー下瀬――元ロッキード社のエリート設計技師だった男は、機体腹部のウェポン・ベイに上半身を入れたまま言った（近寄ってきたのがわたしだと、足音で分かったのだろうか？）。

「艦長は反対していたが。来てみろ、これだ」

「？」

わたしは招かれるまま、身をかがめてウェポン・ベイに上半身を入れた。

黒サングラスの初老の男は、叩いて点検するための細い金属棒を手にして、ランチャーに取り付けられたAAM4中距離ミサイルの弾頭を指した。

「このAAM4を自爆装置として使用する」

「下瀬技師」

「ジェリーでいいよ」

「ではジェリー。そんなことをわたしに話しても、いいんですか？」

あの黒伏という男は、やばくなったらわたしごとこの機体を吹っ飛ばすつもりなのだ。艦長も下瀬技師も、爆破される当人には言うな、と含まれたのではないのか。

だが

「構わんよ」

日系三世の技師は、細い棒でミサイルの鏡のように磨かれた頭部をつついた。

「こいつのアタマに細工して、プログラムを変え、母艦からのデータリンクで発火するようにした。艦長はサムライだから、君が自決すればいいと考えているようだが、この機体がもしも中国へ渡れば、世界の平和に影響する。もしもの時は、跡形なく爆破しなくてはならん」

「――」

「携帯、持っているか」

「――はい」

「ちょっと貸せ」

「え？」

「後で返す」

若い女の携帯を「貸せ」と言う。

何か、わけがあるのか。

わたしは飛行服の右脚のジッパーを開けると、薄型のスマートフォンを取り出して渡した。

任務中は、電源を切ってあるが——

「あの、ジェリー」

「ん」

ジェリー下瀬は、わたしの携帯を作業服の胸ポケットに無造作に突っ込むと、また作業に戻る。ウェポン・ベイの中に這わされた光ファイバーのケーブルに、何か塗ってコーティングしている。

わたしはその横顔に訊いた。

「見ましたか、〈目的地〉の画像」

「見たよ」

「ウイグル自治区の動画も?」

「ああ」

「あなたは、どう思います」

「何を」

「ヒト型の機体です。あれは何だと——」

「黒伏チーフは、日本のロボット技術を使って造ったものだと解釈していたな」

「そう思いますか」

「どうかな」

黒サングラスの横顔は、手を止めた。

「ウイグルのやつは、技術的には可能と思ったが――ああいうものは、スカンク・ワークスでも造ろうなんて思いつかん。複雑すぎて費用がかかる一方で、せいぜい民衆を脅かす程度の役にしか立たない。立ち上がればミサイルの的だし、あんなものを造ろうと考えるのは、あれだな。権力で民を震え上がらせたいと望む連中だ。中国らしいといえば、らしい」

「〈目的地〉の赤外線画像のやつは」

わたしは言った。

「翔んでいましたよね」

「――あぁ」

「巨大なヒト型の機械を造ることと、それをあんなふうに――ハリアーみたいに飛ばすこととはまったく次元の違う技術だと思いますが」

「その通りだ、お姉ちゃん」

ジェリー下瀬はうなずいた。

「あれが、あんなふうに翔べるのだとすれば、話はまったく違って来る。従来の侵攻戦の概念が変わる。空軍が敵地を空爆し、その後で苦労して陸軍が地面を這って行くということをしなくてよくなる。一度で済んでしまう——それどころか敵の権力の中枢を、たった一機で捻り潰せる。海兵隊は欲しがるだろうな」

「日本の技術では巨大ロボットは造れても、それをあんなふうに飛ばすのは無理です」

「その通りだ、お姉ちゃん」

下瀬は手を止めた。

「だから、日本の国家安全保障局は、あんたを偵察に行かせたいんだよ」

「可能だと、思いますか」

「F35なら見つからないよ。たぶん」

「そうじゃなくて、ヒト型をあんなふうに『飛ばす』ことがです」

「——」

元ロッキード社の設計技師——この人の年齢からすればSR71やF117の製造にもかかわったかも知れない——は少し考える風情になった。

「お姉ちゃん、今、あり得ないことが起きている」

「？」

「たとえば密林に『置かれた』エアバス機だ。可視光線の画像も見た。鮮明だった。不時着をした痕跡が無い。滑走路どころか開けた平地すらない密林だ。密生する樹木の上に載っかっているようにも見える。そしてエンジンが回っている――行方不明になって十日経つのにだ」

「……」

「マグニフィセント八〇七便が突如行方不明になり、捜索しても見つからない、忽然と消えうせた。その時にいろいろ言う者がいた。いわく、巨大なＵＦＯにさらわれた。次元の裂け目に吸い込まれた――」

「……」

「エンジンが回っていたことは、説明がつかない。時間をジャンプしてあそこに現われたのだ、とでも考えなければ」

「あの」

だがわたしが言いかけたとき
「音黒二尉」

背中で声がした。

あの女か。

また身をかがめてウェポン・ベイから出ると。

志麻祐子が立っている。タブレット端末を手にしている。

「何ですか」

「申し訳ありませんが、発艦が早まります」

「？」

「潜水艦〈そうりゅう〉から入電がありました。本艦の前方海域に中国潜水艦がいます。これ以上、中国沿岸に近づけません。三十分後に発艦して頂きます」

「いいですけど――沿岸までの距離は？」

「一五〇マイル」

「――」

「〈目的地〉での活動時間が、十五分から五分間に縮まります。忙しくなるけれど」

それだけ言うと、白スーツの女はぺこりと一礼し、わたしに眼を合わせないで踵を返した。

パンプスの足でカン、カンと格納庫の床を戻って行く。

腕組みをして、見送ると

「国家安全保障局は、あんたを死なすつもりだな」

いつの間にか横に初老の技師が立って、志麻祐子の後ろ姿を見ていた。

「〈目的地〉にいられる時間が五分だけでは、ろくな調査は出来まい。向こうへ行ったら出来るだけ粘らせ、データだけ衛星経由で送らせ、あんたのことは機体ごと爆破して殺すつもりだ」

「――」

「どうするね」

「別に」

わたしは肩をすくめた。

「そういうものでしょう」

「？」

「わたしは自衛隊幹部ですから。防大に四年いれば分かりますよ。自衛隊幹部は、国に命ぜられれば、そうするんです。文句は言いません」

「ほう」

ジェリー下瀬はうなずいた。

「あんた、軍人だな」

「――」

「軍人は、いざという時にはそうする。だからよその国では、軍人は国民に尊敬される。アメリカでもヨーロッパでも、昔から列車で軍服を着た若者と乗り合わせると、大人はビールをおごって激励するものだ。だがあんたたち自衛官は」

「いいんです」

わたしは頭を振った。

「装具をつけて、準備します。整備は終わりますか？　三十分で」

「終わるよ」

下瀬はわたしの肩をポンと叩くと、また機体の腹の下へ戻って行った。

7

三十分後。

飛行服の上からGスーツを腰に巻きつけ、再び装具類をつけて身支度を整えたわたしは、白い水蒸気の吹きつける甲板上にいた。

「――――」

F35BJの機体は、〈ひゅうが〉の後部エレベーターに載せられ、甲板へせり上がって来た。

ゴトン

エレベーターが停止し、整備員たちが走り回る。トラクターが繋がれ、ずんぐりした印象のダークグレーの機体がわたしの目の前へ牽引されて来る。主車輪に車輪止めが噛まされ、搭乗梯子が掛けられると、操縦席へ登った。

「音黒二尉」

前方へ跳ね上げたキャノピーの下で、射出座席に座って何か調整していたのはジェリー下瀬だ。わたしが上がって行くと、交替するように立ち上がった。

「〈目的地〉へのコースはFMCに入力済だ。ヘルメット・マウント・ディスプレーも完全に直っている。三六〇度、どこでも見渡せる。首を回し過ぎてバーティゴ（空間識失調）に陥るな。Gをかけたまま振り向くといちころだぞ」

「わかっています」

わたしは射出座席――いざとなればわたしの身体ごとロケットモーターで上方へ跳び出すようになっているシートへ、滑り込む。

初老の技師は器用にコクピットの縁に腰かけ、着席を手伝ってくれる。Gスーツのエアホースを機体の高圧空気系統の吹出口に接続し、酸素マスクも接続、ショルダーハーネスのテンションを調節する。

「具合はいいか」

「ちょうどいいです」

「では、これだ」

技師の手に、ピンクのカバーに保護されたスマートフォンが現れる。

わたしの携帯だ。


「いいか」

初老の技師は念を押す。

「電卓のアプリを出して、９９９と数字を入れておけ」

「電卓？」

「自爆装置だが、リモートの回線は切ってある。この艦からの操作では爆発しない」

「？」

「代わりにそいつを使う。もしも敵機に包囲され、逃れられなくなったら座席ごと脱出し、携帯の電卓アプリで９９９を二回かけてイコールボタンを押せ。信号が発信され、ウェポン・ベイ内のＡＡＭ４が五秒で発火し機を爆破する。キャンセルはオールクリアのＡＣボタンだ。だが中止させる猶予はほとんどないぞ」

「……いいんですか」

「何がだ」

「こんなことしたのがばれたら、雇い主にくびにされますよ？」

わたしが言うと。

ジェリー下瀬は「馬鹿」とつぶやいて、ＨＭＤ付きのヘルメットをわたしの頭に乱暴にかぶせた。

「パイロットを死なせる仕組みを造るのは俺の仕事じゃない。必ず生きて帰れ」

言い残して、技師は梯子に足をかける。

「ジェリー」

「ん」

「わたしのことは、サトコでいいわ」

初老の技師はわたしを見返すと、フンと息をついた。

「生きて帰れ。俺もヒト型のデータが見たい」

技師の姿が横から消えると。

わたしはヘルメットのストラップを締め、手袋をつける。

すでにバッテリーの電源が入っていて、目の前の計器パネルでは横長の多目的液晶ディスプレー（幅五〇センチにもなる大きなものだ）が目覚めている。

Ｆ35のコクピットにはヘッドアップ・ディスプレーがない。機体姿勢と速度・高度などの基本飛行データはすべて、ＨＭＤのフェース・プレートに投影される（もしも

ＨＭＤが使えなくなったら、データを計器パネルの液晶ディスプレーに表示させて飛ぶ。そのときはふつうの飛行機と同じだ）。

大昔の東宝映画に登場する宇宙人にそっくり（わたしはその映画を見たことがない）と言われるＨＭＤ付きヘルメットの、フェース・プレートを下ろそうとすると。

「ちょっと待ってください」

横で声がした。

（……？）

技師が下りて行った後、梯子はすぐ外されると思っていたが。

苦労して「よいしょ」と声を出しながら登って来たのは、志麻祐子だ。スカートの脚で登って来たのか。上着が甲板の風になぶられる（〈ひゅうが〉は風上へ向け増速し始めている）。

「音黒二尉、発艦の前にお話が」

「？」

まだ、何かあるのか。

人にとんでもない〈任務〉を振っておいて――

「危ないですよ、パンプスじゃ」

わたしはスイッチ類のセットアップを確かめながら、横を見ずに言うが

「これを」

祐子は梯子にしがみつきながら、片手でわたしに何か差し出した。

「あなたに、これを渡さなければいけないの」

「？」

差し出された白い手。

その指がつまんでいるのは一片の封筒だ。四角い。

何だろう。

受け取ると、少し古びた感じの紙だ。

「これ、何？」

命令書……？　いや。そんな感じではない。

任務の実施された証拠は、一切残さないはずではなかったか。

「いいですか。まずはじめに」

「？」

「音黒二尉。実はあなたを選んだのは、私たちではないの」

「え？」

「ＮＳＣではないんです。うちの黒伏も、この任務には男性パイロットを所望していた。でも逆らえなかった。〈上〉からの命令で」

「命令？　誰の」

「わかりません」

「え」

「ずっと〈上〉からの命令だったんです、あなたを使えって」


何を言うのか。

わけが分からない。

「上って、何」

「わからない、私にも」

祐子は強風の中で頭を振る。長い髪が飛び散る。

「日本には、国を導く権力があって。昔から」

「……？」

「衛星の軌道を変えて、あそこを写すようにっていう指示も、そこからだったの」

「……」

「その封筒の中身も、私たちは知りません」

「開けてみても？」

「どうぞ」

促され、わたしは指ぬきの革手袋の手で、封を切る。

（――？）

中には、四つ折りにされた一枚の紙。

何だろう。

広げる。


『ハッチを閉じてはいけない。排除装置に殺される』


「――なに、これ」

たった一行、誰かの肉筆で書かれたメッセージ――メッセージ、だよなこれは。

「これは何なの」

「わかりません。出発直前、あなたへ渡すようにと」

「誰から？」

「わかりません」

「わからないって――」

「私は、出発直前のあなたへそれを渡すのが役目。これで、役は果たしたから」

それだけ言うと、志麻祐子は髪の毛を片手で押さえながら、また苦労して梯子を降りて行った。

ガチャ
梯子が下で外され、わたしの横から消える。

同時に機首左前方で、誘導員が赤いライト付きのパドルをさし上げる。

(そうか、夜かもう)


それ以上、余計なことを考える暇はない。

「行こう」

わたしは渡された紙と封筒を飛行服の胸ポケットへ押しこみ、フェース・プレートを下げる。

途端に、目の前が赤と黒の不思議な視界になる。色彩に乏しいが、その代わり暗がりで見えなかった、そびえたつ艦橋の姿が細部までくっきり見える。

普段から、このHMDの赤外線画像を見ながらフライトしている。フェース・プレートに投影される外界は常に輝度調整され、昼も夜もあまり違いがない。いつの間にかコクピットで昼夜を意識しなくなった自分がいる。

誘導員がパドルを回し『エンジンスタート、クリア』と合図。

　さらに不思議なことに、ＨＭＤをつけていると、目の前にあるはずの計器パネルが見えない。それどころか自分の乗っている機体の機首がない。目の前はただ〈ひゅうが〉の甲板で、自分は空中三メートルほどの高さに浮いた見えない椅子に座っているのだ。視野の中央には、機の姿勢を示すカモメ型の小さなマークが浮き、そのすぐ下に水平線。左端に速度を示す縦のスケール（三〇ノットを指しているのは艦が風上へ走る速度をセンサーが検知しているのだ）、右端に高度を示す縦スケール（同じく五〇フィートを指しているのは〈ひゅうが〉甲板の海面からの高さだ）が浮いて見える。ちょうど映画館で３Ｄ映画の字幕を見ている感じだ。

（完全に、直っているな）

　よし行こう。

　わたしはいったんフェース・プレートを跳ね上げると、右サイドの計器パネルで黄色いレバーを引き、ジェットフューエル・スターターを起動する。続いてキャノピーの操作スイッチを〈閉〉に。頭の上に流線型のキャノピーが被さって来て、クローズする。プシッと気密がかかる。わたしは右手を上げ、誘導員へ人差し指を回して見せる。エンジンスタートの合図だ。

「スタート、ナンバー１」

　つぶやきながら液晶ディスプレー左端でＪＦＳの規定回転数をチェック、左の人差し指でスロットル・レバー前面についたフィンガー・リフトレバーを引き上げる（F35は単発エンジンだが、F15の時からの癖《くせ》でわたしはつい「第一エンジンスタート」とつぶやいてしまう）。すぐ指を放す。

ゴトッ、と軽い振動がして、背中でプラットアンドホイットニーF136－PW600ターボファンエンジンがスターター駆動軸に繋がれ、廻り始める。ゴロンゴロンと初めは重たい軸の回転音が、次第にグングングンッと速くなっていき、自動シークエンスに従って燃料に着火する。

ドン

目の前のディスプレーで、左側に表示させたエンジン排気温度と回転数の円グラフが急激に開いて増えていく。キィイイン――高まる排気音とともに、回転数五六パーセントで自動的にスターターが切れ、排気温度が六五〇度をピークに少し下がっておちつく。

機体が、ビリビリ震え始める。

「よしノーマル」

わたしはパーキング・ブレーキがかかっているのを足でペダルに触れて確かめると、両手を頭上に上げて左右に開く合図をした。『車輪止め外せ』。

誘導員が『了解』の合図。

「――」

すっかり発艦準備の出来たコクピットを見回す。

多目的ディスプレーの左側半分は、エンジンと機体システムの表示。右側半分は〈融合情況表示〉のマップ画面にしてある。中心に自機のシンボルがあり、その周囲に距離を示す同心円が何重にも描かれ、すべての素敵センサーが得た周辺の状況が表示される仕組みだ。今は自機のシンボルの上に母艦シンボルが重なっている。幾重にも重なる同心円は、まるでわたしを見返す目玉のようだ。

(――大丈夫だよ)

簡単に、死ぬつもりはない……。

心の中でつぶやく。

電源がバッテリーからエンジン・ジェネレーターへ自動的に切り替わり、油圧系統の圧力が正常値に達し、画面に緑のメッセージが明滅する。

『ALL　SYS　READY』

(分かってるよ、一緒に生きて帰ろう)

アフタースタート・チェックリストで機器のセットアップを最終確認、わたしはへルメットのフェース・プレートを下ろす。

再び、宙に浮くような視界が広がる。顔を下へ向けると足の下が『見える』。整備員が機体の腹の下へ走り込んで、主車輪から車輪止めを外し、引っ張って退避して行く様子が手で触れるようなすぐ下に見えた。

(しかし便利──っていうか、なんていうか)

顔を上げると、前方で誘導員がパドルを振って『発艦位置へ進め』と合図。

よし行こう。

両足を踏みこみ、パーキング・ブレーキを外す。

ぐんっ
途端に、アイドリング推力でF35BJの機体はするする前方へ進み出す。軽くブレーキを踏んで、勢いを止めてやらないといけない感じだ。

(発艦重量は──燃料は満載か……ほかにAAM3二発、AAM4二発でトータル五三〇〇〇ポンド。STOVLモードで行こう)

またフェース・プレートを上げ（スイッチの操作の度にこれをするのが面倒くさい）、計器パネル左脇の〈STOVL〉スイッチを押す。

ピッ

多目的ディスプレー中央上部に『ＳＴＯＶＬ』の赤い文字が出る。

同時に背中でグワーッ、と音がして前進の勢いがやや弱まる。エンジンの噴射口が、ベアリングに乗って下向きにねじ曲げられる唸りだ。さらにブォンブォンと何かが背中で回り出す。機体背部のドアが開き、リフトファンが回転を始めたのだ（このファンが造り出す推力は馬鹿に出来ない。なんと下向き噴射口が出す推力より大きいのだ）。

このうるささがなけりゃ、快適なコクピットなんだけど——

Ｆ35ＢＪは垂直に着艦することが出来るが、発艦は垂直には出来ない。発艦時は燃料と兵装を満載するので重い。だから前進速度を利用して『短距離斜め離陸』をする。

わたしは爪先でブレーキを踏んで機体を止める。発艦位置だ。〈ひゅうが〉はヘリ空母なので、アメリカ空母のような発艦信号士官はいない。右真横の位置についた誘導員がパドルで前方を指し『発艦よし』と伝えて来るだけだ。

（——）

わたしは誘導員へうなずくと、フェース・プレートを下ろした。

ふと気になって、右横にそびえる艦橋を見上げた。

赤と黒の赤外線画像で、最上階の窓までくっきり見える。航海艦橋で、人の姿がいくつもこちらを見下ろし、注目する様子が分かる。その中に黒スーツらしき影もある。

あの男か。

NSCの黒伏——初めから、わたしはあの男にしてみれば力不足だったわけか。

どうりであの目つき……。

「——ご心配なく」

その赤外線シルエットにつぶやいた。

「〈任務〉は、果たして来てあげる」

前方へ視線を戻そうとして、頭を止めた。

（……？）

何だ。

何か、不思議なものが目に入った気がした。

もう一度艦橋を見上げる。

今、何が見えた……？

航海艦橋の窓ではない。それよりも、一階層下の窓だ——窓の一つに顔が見えたのだ。髪を両脇へ垂らした、小さな顔。

（何だ）

わたしは目をしばたたいた。

どう見ても、少女の顔に見えた。思わずフェース・プレートを上げ、肉眼で見た。

「……⁉」

水蒸気の流れる暗がりを通し、小さな白い顔が見えた。金色の髪、蒼い瞳。

白人の少女……？

わたしを見下ろしていた。十代の中頃だろうか、白い服を着た金髪の少女だ。一瞬、目が合った。

きつい目だ。兎を想わせる。

（どうして――）あんな子が〈ひゅうが〉に……？　だが訝る暇も無く、少女の顔は窓から消えてしまう。

「……」

いけない、発艦しなくては。

わたしは頭を振り、フェース・プレートを降ろすと前方へ向き直った。

この先の海域に、中国潜水艦がいるという。〈ひゅうが〉は速度を出せば音を立てる。さっさと出て行ってやろう――

HMDの視界にも、パイロットに注意を促すため〈STOVL〉という赤い文字が浮かんで明滅している。両足でブレーキを踏みながら、わたしは左手でスロットルと並んだ推力偏向レバーを掴む。垂直位置にあるレバーを前方四五度の位置へ。背中で噴射口が連動して角度を変え、斜め後ろを向き、機体を前へ押そうとする。ブレーキでこらえ、左手をスロットルに持ち替える。

右手はサイドスティック式の操縦桿を握る。走り出しはニュートラルの位置だ。発艦の操作は、岐阜にあるシミュレーターと、飛行甲板を模した地上施設で何度か練習した。基本的に地上でやる『短距離斜め離陸』と何ら変わらない。ただ一五〇メートル向こう――甲板の切れた先が海面ということだけだ。

「発艦」

いつものように顎を引き、両目で水平線の左右の端を掴むようにして、機の姿勢を把握し直すと腹に力を入れ、左手のスロットルをスムーズに前方へ出した。キィイイインッ、とエンジン音が高まり、機体を強烈に前へ押すと同時に斜め上へ持ち上げようとする。

エンジンの音に異常が無いことを耳で確かめ、両足のブレーキを放した。

ぐぐんっ

「うっ」

途端に背中をシートに押しつけられる。加速Gがかかり、甲板の前端が目の前にうわっ、と迫ると一瞬で足の下へ消えた。すかさず、右手で操縦桿をわずかに上へ。水蒸気の吹きつける空中に、もう機は浮いている。加速G。速度スケール一〇〇ノット、さらに加速し一三〇、一五〇――

風切り音が増す。Ｆ35ＢＪはぐんぐん加速する。

発艦はあっけない。

手探りで着陸脚を上げる。左手を推力偏向レバーに持ち替え、一番前方へ倒すと、自動的に〈ＳＴＯＶＬ〉モードはターミネイトして通常の操縦モードに戻る。ＨＭＤの視界に〈ＳＴＯＶＬ〉に代わって〈ＮＯＲＭＡＬ〉という緑の文字が現れ、三回明滅してから消える。

ここからは空力舵面による操縦だ。操縦桿をわずかに前へ押し、機首を下げる。

身体の浮くようなＧと共に、視界の下側から水平線が上がって来て、目の前で止まる。水平飛行。高度スケールは一〇〇〇フィート――

（高過ぎる、下げよう）

第Ⅱ章　褐色の刺客

1

ゴォオオオッ
それは、通常の航空機であれば闇の中へ吸い込まれるような飛行だったろう。
（――）
たとえ電波高度計が海面との間隔を表示してくれたとしても、この速力（五〇〇ノット出ている）で操縦桿を前へ押して機首を下げるのは、通常の機のパイロットにはためらわれるはずだ（わたしだってＨＭＤが無かったら怖い）。
だがわたしは右手の操縦桿をわずかに押して機首を下げ、Ｆ35ＢＪを気流の中で沈降させた。真横に一本、遮るもののない水平線が目の前でわずかに上がり、鈍い銀色の板のような海面がせり上がって来て、前方から足の下へ呑み込まれる。視野の右側に浮かぶ緑色の高度スケールが三〇になったところで、手首のスナップで機首を起こし、水平にする。
ズゴォオオオッ
高度九メートル、五〇〇ノット――前方から呑み込まれる海面が、足のすぐ下に迫り、かかとを擦りそうだが恐怖感は無い。見えるからだ。Ｆ35のＥＯＴＳ（電子光学目標指示システム）は、機首下面と機体六か所に装備された光学センサーから情報を集約することで、周囲の様子を赤外線画像でヘルメット・マウント・ディスプレーに投影する。

ＨＭＤの視界には死角が存在せず、自機の真下も、真後ろも、周囲の球形空間すべてが見渡せる。まるでわたしが身体一つで、海面上超低空をぶっ飛んでいる感じだ。

「――オート・パイロット」

海面との間隔を固定するようにして、右手の中指で自動操縦をエンゲージ。ＨＭＤの視界中央に『ＡＵＴＯ　ＰＩＬＯＴ』の青い文字が出る。手を放し、後ろを振り向くと本当ならば自分の機体に隠れて見えないはずが、海面上を遠ざかる母艦〈ひゅうが〉の姿がくっきりと見えた。たちまち小さくなっていく。

（ここからは、独りか……）

酸素マスクのエアを吸うと、シュッとレギュレータが鳴る。

わたしは前方へ向き直ると、操縦をオート・パイロットに任せてフェース・プレートを上げ、多目的ディスプレーの情況表示画面を見た（基本の操縦操作は前を見たまま操縦桿とスロットル・レバー、それらについたスイッチで出来る。しかし航法や索敵はＨＭＤを外して画面を直接見ないといけない）。

自機のシンボルを中心に、同心円が描かれ、〈ひゅうが〉の母艦シンボルがするすると後方へ下がってフレームから消える。あとは画面中央の一本のピンク色の線の上を、自機がひたすら進んで行く様子が見える。ピンクの線は、ＮＳＣの連中が策定し、ジェリー下瀬が入力した〈目的地〉への侵入コースだ。

ピッ

画面に『ＬＩＮＫ17』という緑のメッセージが出ると、同時に前方の海面に潜水艦のシンボルが出た。二つ。青い方は〈ＳＯＲＹＵ〉という表示。もう片方の赤い潜水艦シンボルは〈ＵＮＫ〉――アンノウンという表示だ。おそらく中国艦だ。海自の潜水艦〈そうりゅう〉が、潜航しながらブルーグリーン・レーザーで衛星へ打ちあげた位置情報が、データリンクでわたしの目の前の多目的ディスプレーに届いたのだ。

「前方やや右か……少し迂回させよう」

赤いシンボルは、ピンクのコース線のすぐ右横だ。〈そうりゅう〉がパッシブ・ソナーを活用して中国潜水艦の推定位置を出してくれている。

中国潜水艦の至近距離は、通らないことにしよう。こちらはレーダーにはほとんど映らないが、潜水艦なら磁気センサーとか、余計なものを積んでいるかも知れない。

「こっちへ行け」

わたしは画面の赤い潜水艦マークを避けて通れるよう、コース左横の一点を人差し指でタッチした。多目的ディスプレーはタッチパネルになっていて、コースを変えたい時には指で触れれば容易に変更出来る（このためF35のパイロットには指ぬき手袋が必須）。

潜水艦の付近を迂回する新しいルートが点線で引かれ、これでよいか？　という意味の『ＥＸＥＣＵＴＥ』アイコンが浮き出るので、それをタッチする。

ピピッ

ピンクのコース線が引かれ直し、同時にF35はオート・パイロットのコントロールで海面上三〇フィートを保ったまま、左へバンクを取り針路を変える。

再びフェース・プレートを降ろすと、赤外線画像の世界で水平線が傾き、機が左方向へ旋回して行く。一五度変針すると、水平に戻る。ＨＭＤの視野の右上には、あらかじめ入力した〈目的地〉への残距離が小さなデジタル・カウンターで表示されている。三九〇くらいだった数字が、いったん四一〇まで跳ね上がって増え、また減り始める。迂回をする分、飛ぶ距離が増えたのだ。

母艦から、トータルで四三〇マイルか――

「戦闘行動半径、ぎりぎりだなぁ……」

わたしは思わずつぶやく。

もっと高度を上げて飛びたいが――用心は必要だ。これから陸地に上がるところで、南寧《ナンニン》という中規模の都市の近くを通る。飛行場も、人民解放軍の基地もある。いくら電波を反射する面積が従来の戦闘機の五〇〇分の一（つまり小鳥が飛んでいる程度）と言っても、レーダー基地の一〇マイル横を通過して、発見されずに済む保証は無い。おまけに夜とは言え、爆音はするのだから直接『目撃』されたらやばい……。

Ｆ35のＦＭＣ（フライトマネージメント・コンピュータ）は地球上すべての地図データを記憶しているから、都市も敵軍の基地も、地形の起伏もすべて画面上に出て来る。陸地に上がったら、小さな町もなるべく避けて行こう……。

「計算より、燃料かかるな……」

ＮＳＣの連中は、机の上で計画するだけだ。これでは〈目的地〉に到達した後、低空で活動出来る時間は、五分よりももっと短くなる。

（ホヴァリングは最小限にして、必要なら着陸して調べるしかない……。向こうで戦闘になんか、ならないといいけど）

とりあえず海面上を飛んでいる間は、障害物に出くわさない。今から心配して、疲れても仕方ない。わたしはオート・パイロットにコースと高度の保持を任せ、座席にもたれて力を抜いた。

Ｆ35は、微かに上下に揺れながら飛び続ける。何かにぶつかる可能性と言えば、海鳥の群れだが――それすらもＥＯＴＳは赤外線で探知して、二〇マイル手前で警告を発してくれる。

ゴォオオオッ

（――）

フェース・プレートを下ろさずにいると、前方の景色は黒一色の闇だ。九メートル下の海面すら見えない。闇の奥へ五〇〇ノットでわたしは突っ込んで行くのだ。

ふと、右サイドの操縦桿を見た。前後左右に四センチずつ動く、フライバイパワーのコントロール・スティック。

もしもオート・パイロットを外し、これをほんのわずか前へ押せば――わたしは数秒であの世へ行くんだ……。

足の下、九メートルを音速近い疾さで流れる海面……。あの世とこの世との、薄い膜のような境目か――

これをちょっと押せば、母さんや父さんや直樹のいる世界へ、行ってしまえるのか。

（膜の向こうには、別の世界があって――この世界とは違う別の）

考えかけて、目を閉じる。

息をついた。

「……この世と、あの世」

十分後。

潜水艦の赤いシンボルは何事もなく画面の下へ消え去り、代わって情況表示画面の上方から緑色の海岸線が現れ、引き寄せられるように近づいて来る。地形は高さにより色分けされ、カラーで表示される。

（……すぐ山だ）

緑の海岸一帯の後背地は、次第に黄色くなり、オレンジ、その奥は赤くなっている。山岳地帯だ。

目を上げると、黒一色の前方視界に、横一線に白い光の点がポツポツ並び始める。

海岸線か。

「──」

わたしはヘルメットのフェース・プレートを下ろし、右手で操縦桿、左手にスロットルを握る。右の中指で、自動操縦を解除。

ププッ、ププッ

警告音と共に、赤外線視界の中央で『ＭＡＮＵＡＬ』という赤い文字が三回明滅する。手動操縦に切り替わった。

赤と黒で、見渡す限りに遮るもののないランドスケープが広がる。手前へ呑み込まれる海面の向こう、海岸線と、遥かに高い山々――

来た。迫り来る海岸線の街々の灯は、白く抜けるほど光っている。広東省の海岸か。

(知らない土地へお邪魔するんだ、洗濯物に引っかけたら悪い)

陸上は、海面とはわけが違う。

わたしは右手首のスナップで操縦桿をわずかに引き、機首を微かに上げた。ぐうっ、と身体が持ち上がる感覚と共に、海面が足の下へ遠くなる。高度スケール五〇〇フィートで機首を水平に。これで東京タワーの半分の高さ――建物にはぶつかるまい。ステルス機が海面すれすれを飛んで来たのだ。こちらからは電波も一切出していない、中国側の防空システムに探知されている怖れはない……。

そう考えた瞬間、光の粒々が迫って来て足の下へ吸い込まれ、機は海岸線をクロスして陸地へ入った。途端にがくがくっ、と揺さぶられる。地形の影響による風の変化がある。気流が丘や地面の構造物などでねじ曲げられるからだ。

「航法追従モード」

左の中指で、HMDの表示モードを選択する。『NAV』という緑の文字が明滅し、視界の先にステアリング・ドット――白い丸が現れる。同時にその横に黄色いサークル。

わたしは操縦桿を微妙に動かして、機の三次元の進行方向を示す白い丸を、黄色い航法ガイダンス・サークルに合わせる。機体が躍るように反応し、わずかに向きを変え、白い丸が黄色いサークルに嵌まる。この黄色い輪っかに白い丸を合わせるようにして飛んでいけば、わたしは入力した侵入コースをたどって〈目的地〉へ辿り着ける。

黄色い輪っかは右旋回を指示する。追従すると、まるで自分が身体一つで宙を飛んで、銀色に蛇行する川の真上へ乗っかって行く感じだ。ＨＭＤをつけてＦ35を操縦していると、時々飛行機に乗っていることを忘れそうになる。

侵入コースは、川に沿って低空を飛ぶ。上流へ進んでいくと、前方からのしかかる壁のような山腹が迫って来て、切れ込んだ谷間へ入って行く。左右の横がたちまち崖のような山肌になる。猛烈なスピードで岩壁が流れる。赤と黒の視界に前方も周囲も切れ目なく全部見えるので、怖くはないが操縦には注意が必要だ。黄色いサークルが急に右横へつつっ、と動き、慌てて追従すると峡谷の急カーブにさしかかった。

「速度が、多い……！」

まずい、曲がり切れない。操縦桿をフルに右、反射的に左手でスロットルを絞り、同時に左の親指でスピードブレーキを立てる。急減速。機体の背で抵抗板が立ち、つんのめるように速度が減る。

「くっ」

右手で操縦桿を倒しっぱなしで旋回、お尻で崖の岩肌を擦りそうになりながら通り抜ける。やばい、五〇〇ノットなんて無理だ、着艦スピードくらいに落とさないと、谷間の岩壁にぶつかってしまう……！

それから、三十分も飛んだか。

峡谷を上流へ進んだ。水面と等間隔で飛んでも、気圧高度はどんどん上がっていき、切れ込んだ谷間の川も狭くなってなくなってしまった。わたしは上昇して山岳地帯の稜線の上に出て、峰をかわしながらすれすれに飛んだ。

もう見渡す限りが波打つ山々——その上を飛行服ひとつで、宙に浮いてわたしは飛んでいる。高度スケールは一〇〇〇〇フィート。おおむね富士山の八合目くらいか。

目の前にひときわ高い稜線が迫り、足で擦るようにしてすれすれに飛び越すと。

「……！」

何かが広がる。目の前に、広大な盆地——山々の稜線に囲まれた高原の盆地だ。

眼下が、一面に赤い——盆地は密林のように植物に埋めつくされ、その生命活動の熱で眼下が一面に赤く見えるのだ。赤い絨緞のそこここから、塔状の突起物が突き出ている。巨大なオブジェのような……そうか、侵食された岩山——石林というやつか。

ピッ

視界の右上、〈目的地〉への距離を示すカウンターが二〇を切った。

（もう目の前か……⁉）

思わず、フェース・プレートを上げて情況表示画面を見る。マップは標高が高いせいで真っ赤、その中にピンクの線が伸び、すぐ前方で終わっている。着いた。

「探そう」


ＨＭＤをつけていないと、眼下は真っ黒い沼のようだ。頭上は一面の星空。

降りよう。

この下が、あの衛星画像で見た密林だ。

わたしは左手で〈ＳＴＯＶＬ〉スイッチを入れる。

ピッ
多目的ディスプレーに『ＳＴＯＶＬ』の文字が出、同時にまた背中でグワーッ、と騒々しい唸りを上げてメインノズルが下を向いていく。前進速度が急激に減り、スロットル横の推力偏向レバーがひとりでに立ち上がって垂直位置になる。コクピットの背中でリフトファンが廻り出す。

「下の様子は」

レーダーを入れよう。まだフェース・プレートは上げたまま、わたしは多目的ディスプレーのタッチパネルでAN／APG81を起動する。合成開口モード。F35のレーダーは、並のレーダーではない。パルス電波の拾った地表の様子が、まるでCTスキャンで撮った臓器のように画面の左半分に現れる。

密林と、石林――

（どこだ）

どこだ、旅客機と〈フェアリ1〉は……？

わたしは多目的ディスプレーの中央に表示させた飛行計器を頼りに、真っ黒い沼のような密林へ向けF35を降下させた。

2

「どこだ――あのヒト型……？」

わたしはSTOVLモードで機をゆっくり降下させながら、合成開口モードにしたレーダーの画像を睨んだ。

ヘルメットのフェース・プレートは上げたまま。頭上は星空だが、眼下は真っ黒い広大な沼のようだ。ここで着陸灯を点灯すれば、一転、盆地を覆う真っ白い靄が見渡すかぎり広がるのだろうが――灯火はつけられない。誰が見ているか分からない。

地上の細かい索敵にはレーダーが有効だ。従来の戦闘機のレーダーは空中目標を捉えるだけだったが、Ｆ35の搭載するＡＮ／ＡＰＧ81はそれだけでなく、測地衛星が地表を探査するのと同じ能力を持つ。前方の地表の様子を、写真のように画像にしてしまう。そして容易にズームアップ出来、地上の攻撃目標を識別してターゲットにするのだ。

多目的ディスプレーの左半分には、レーダーのパルス電波がスキャンした地表の様子が俯瞰した角度で映し出され、刻々とせり上がって来る。

密林のあちこちから、塔のように突き出す岩山――この画像は機の背中のアンテナから衛星経由で送られ、〈ひゅうが〉ＣＩＣでもリアルタイムで見られるはずだ。

ピッ

「索敵モード」

わたしは画面をタッチして、全センサーを〈索敵〉モードにする。こうするとレーダーもＥＯＴＳも勝手に地表面をスキャンして、人工構造物と思われるものを拾い出し、敵性かそうでないかまで判別してしまう。

（人工物なんて――この辺りでは、あの旅客機とヒト型くらいのはずだ……）

〈フェアリ1〉――そうNSCの連中が名づけた、ヒト型の機体――

しかし同じくらいに、わたしは遭難したエアバスの機体が気にかかった。〈ひゅうが〉を出る前に見た衛星画像では炎上していたが……。

「見えないな、火のようなものは」

もう鎮火したのか……?

そう思った瞬間、風防の目の前が夜のプールにでも潜ったみたいに真っ黒になり、頭上の星々も消えた。

濃い靄の中に、降下して突っ込んだか。

ピピッ
アラームが鳴って、ディスプレーの上の方に文字メッセージが着信する。

『RADAR INFO RECEIVED. CONTINUE MISSION』

データ通信で送られて来た、〈ひゅうが〉からの連絡だ。

レーダー情報は届いている、任務を続行せよ……。

(つまり、ちゃんと見ているぞ、勝手なことはするな――そういう意味か)

あの黒伏が、念を押して来たか。

「悪いけど、現場の判断でやらせてもらうわ」

燃料は。

ディスプレー左端のエンジン・パラメータの数字を見る。燃料ははっきり言ってやばい。帰りの分を考えると、ここでホヴァリングしていられるのは――

（あと二分がいいところか）

盆地の全体を、一気にスキャンさせよう。

わたしはスロットルを前へ押し、パワーを出させる。

キィイインッ
機の沈降を止め、空中で停止させた。

空中停止は燃料を食うが、盆地の全体を一度でスキャンするにはこの方法しかない。

ディスプレーの飛行データを見やる。電波高度計が、盆地の地表面との間隔を測定して表示する。対地三〇〇〇フィート。気圧高度は八〇〇〇。鷺洲というスタッフが『現地の標高は海抜五〇〇〇フィート』と言っていた。こんなものだろう。

情況表示画面では、自機のシンボルは標高の低くなった円盤状の一帯――つまり盆地の縁から三分の一ほど内側にいる。ちょうどいい。

「それっ、一気に見渡せ」

わたしは右ラダーを踏み込み、空中に止めたまま機体を横方向へ回転させた。前方の暗闇が左方向へ流れる感じがして、ディスプレーには下の盆地の様子が横へ流れながら次々に映し出される。三六〇度、こうやって見回せば――

ピッ

「あった」

真後ろだったか……⁉

反射的に、右手を中立に。ちょうど背にしていた方向だ。わたしは機体の旋回を止め、レーダーのディスプレーに現れたヒト型――大地に、半ば仰向けに座り込むような姿勢だ――へ機首を向けると、ヘルメットのフェース・プレートを下ろした。

見える……。

いつの間にか、真上を飛び越していたのか。

前下方、びっしりと赤く埋めつくす樹林の中、大木を押し潰して擱座している。赤外線視界の中で、色は周囲より黒いが、シルエットの中心部分だけはピンクに見える。

(機関が、稼働している……？)

ピンクは、まるで鼓動のように明度が変化する。同時にその向こう――視界の奥、三分の一マイルほどの位置に大型の飛行機のシルエットが見えた。マグニフィセント八〇七便か。

「降りよう」

燃料がもうない。

今、空中停止をしてさらに燃料を使ってしまった。偵察を遂行した上で母艦へ帰るためには、一度ヒト型のすぐ近くへ着陸し、センサーでスキャンをしてから再び飛び上がるしか――

そう考えかけた時。

ピピッ
HMDの視野の中に『UNK』という文字が明滅し、矢印が現れて後方を指した。

(――!?)

機体の全周をくまなく監視するEOTSが、赤外線で何かを探知した。『UNK』は、未確認目標を知らせる表示だ。

五時方向、斜め上方――振り仰ぐと同時に、HMDの赤外線視野に何かが急速に近づいて来る。シルエットは二つ。

「……へりかっ」

つぶやくと同時に、白いライトの光芒が立体の棒のように伸びた。

慌てるな。

わたしは自分に言い聞かせる。

こちらはレーダーに映らない。すでに盆地を覆う靄の中へ潜り込んでいるから、目視でも見えないはずだ。

(盆地を見下ろす山嶺のどこかに、ヘリの前進基地を造っていたか)

中国の人民解放軍も、ヒト型の擱座する現場へ行こうとしているのか。しかし視界がほぼゼロでは、ヘリは着陸できない。盆地を見下ろす尾根にヘリを何機か待機させ、靄が晴れ次第降下させるつもりか。

サーチライトの光芒は、棒で沼をつついて探るかのように左右に振れ、たちまち頭上へ近づいて来る。思った通り、靄の中へは入って来ないが――わたしの機が盆地の頭上へ飛来するのを目撃し、あるいは爆音を聞いたのだろう。警戒に出てきたか。

(音までは、隠せないからな)

唇を噛む。

どうする、逃げるか。

ここから前進して加速し、通常の飛行モードに戻して盆地を離脱、高速でとんずらすればヘリは振り切れる。この機は防空レーダー網にはたぶん捕捉されないから、南の海上へ脱することは出来るはず――

「――」

わたしは下方を見た。ＨＭＤの視野は機首に遮られることはなく、擱座したヒト型機体が数百メートルの間合いで前下方に見える。

唇を嘗めると、わたしは左手でスロットルを引き、機を再び下降させた。これでも物理を専攻する科学者のつもりだ。ここまで来て、あれをじかに見ずに帰れるか。

同時に右手で操縦桿をわずかに左へ傾け、機の位置を空中でずらした。

ボトボトボトッ

大型ヘリはわたしの右上を、爆音を叩きつけて通過した。サーチライトの太い光の棒が右横をかすめて通過する。

さらに一〇〇メートルほど、空中で横へ移動する。もしもヘリのパイロットが暗視ゴーグルをつけていたとしても（わたしは以前試したことがあるが）、あれは視野が双眼鏡のように狭い。F35のHMDのように全周を赤外線視界で俯瞰できるわけではないから、予想した場所から位置をずらせばなかなか発見はされない。

「着陸だ」

ピッ
HMDの視野の正面に『BINGO』という文字が現れ明滅する。燃料が、あらかじめ設定しておいた帰還に必要な量に達し、割り込みつつあるという警告だ。

「わかった、もう降りる」

どこか、平たい場所は——⁉

真下を見る。密生する大木だらけ——

「う」

開けたスペースは、ない。これでは、空挺部隊のパラシュート降下も無理だ。大部分が大木の枝に引っかかって地面へ到達できない。

だが眼を上げると、ヒト型機体が擱座している手前の樹木がなぎ倒されて多少平らになっている。機は降下して、もう地面との間隔は一〇〇フィート——三〇メートルだ。電波高度計のデジタル表示が黄色くなる。密林の大地そのものが視界の中でせり上がり、地面に吸い込まれていく感覚。

あそこだ。わたしはすかさず操縦桿を前方へ倒し、ＳＴＯＶＬモードの機体を宙で前進させる。高度五〇フィート。

「そうだ、ギア」

左手で素早く着陸脚を下げる。樹木が自分よりも高くなって、踵が地面につきそうに感じる。半ば仰向けで樹木に突っ込んでいるヒト型の正面に出る。お見合いする感じだ。

（なんだこれは……）

そう思うのと同時に、ＨＭＤの視野がちらついた。

何だ。

視野の下側に表示されている磁方位のコンパスがくるくるっ、と不規則に回る。

磁場……？

強い磁場でもあるのか。眼を上げると、赤外線の視野にはっきりと見える。これが〈フェアリ〉――人間のように頭部も四肢もある。それは空中から後ろ向きに、樹木をなぎ倒しながら突っ込んで止まったのだ。だが〈ひゅうが〉のＣＩＣで見せられた動画と違って、背中に翅がない。

どこかへなくしたのか……？　思わず見入りそうになり、地面が迫っていることを一瞬忘れた。

ピピピッ

「はっ」

しまった。

反射的に操縦桿を引き、機の行き足を止めると同時にスロットルをわずかに吹かした。沈降速度を緩めて着地したかったが、間に合わない。

ズズンッ

「――くっ」

やや乱暴に、樹木がなぎ倒されむき出しになった地面へ着地した。スロットルをアイドルへ。

アイドリングでも燃料がもったいない。ここで全センサーを働かせ、あれのデータを取れるだけ取ったらただちに再上昇して逃げ帰ろう。

ぐらっ
「きゃ」

接地した機体が、ふいに傾いた。大木をなぎ倒した後のスペースに降りたのだ。着陸脚の車輪が倒木を踏みつけていたか、あるいは軟らかい土壌を踏み抜いたか。

早く、全センサーのスキャンを済ませて――

フェース・プレートを上げ、多目的ディスプレーを見る。その途端
(……何!?)

わたしは自分の眼を疑う。

画面が白い。

ディスプレーの左半分だ。合成開口モードにしたAN/APG81の画面が、いつの間にか真っ白になっている。どうしたんだ、いったい――

「――まさか」

磁場……!?

この磁場のせいか。レーダーが駄目……!?　では、通信はどうなっている――?

衛星経由のデータ通信は。通じているのか？　ディスプレーの上端を眼で探ろうとすると

ピピッ

ヘルメットの中でアラームが鳴った。

「ええい、うるさい」

ヘリが上空をひと廻りして、また頭上に迫っているのか。今は構っている暇はない。合成開口モードのレーダーは駄目なのか……⁉　ならばＥＯＴＳが取得した赤外線画像のデータだけでも送らなければ……。

カタッ

わたしの顔の右の真横で、風防に何かが当たった。

何だ、吹き上げた木片でも当たったか……？　そう思ってふと眼をやると。

「……⁉」

何だ。

わたしは目を見開いた。

涙滴型キャノピーに、張り付くようにしてそこにいたのは、一匹の――

（――にゃんこ……⁉）

黒い猫だ。まだ子猫なのか、身体は小さい。まるで四肢の肉球を張り付けるように

して、わたしのコクピットのキャノピーにしがみついているのだった。
蒼い二つの瞳。
こいつ、どこから――
だが同時に
ニャア
鳴き声が、頭の芯に直接響くかのように聞こえた。
「……?」
黒猫がわたしを見て、小さな牙をむき出すようにして鳴いた。
ニャアッ

追尾流星が来る。

「――えっ」
何だ。
一瞬、言葉を聞いた気がした。

離脱しろ。やられるぞ

「え」

言葉……⁉

同時に背中がなぜかゾクッ、とした。

(……はっ)

反射的に振り仰ぎ、フェース・プレートを降ろす。広がる赤外線視界。

右斜め上方から赤黒い砲弾のようなものが、噴射炎を曳き、ぶれながら迫って来る。

ミサイル……⁉　赤外線追尾弾頭かっ……。

やばい、エンジン排気熱は隠しようがない――！

「くそっ」

叫ぶと同時に右手が操縦桿を倒し、左手でスロットルを全開していた。ＳＴＯＶＬモードの機はノズルの推力とリフトファンの回転増加でふわっ、と宙に浮き、同時に左へ横移動する。わたしは後ろ上方を振り仰いだまま。かわせるかっ……⁉

熱を隠せ。

右ラダーを思い切り踏んだ。視界が横へ吹っ飛ぶ。機体は横移動しながら宙で一八〇度ターンし、機首をミサイルに向ける。来る。いや来るな、来るなっ……！　そのままさらに横移動。操縦桿を思い切り倒す。

げた。

ブンッ

噴射炎を曳く恐ろしく速い物が、わたしのすぐ左真横をかすめ、地面へ突き刺さった。ズンッ、という衝撃に続いて爆発が半球状に膨れ上がり、機体を斜め上へ持ち上げた。

「——きゃあっ」

放り上げられる……！

ズズンッ！

下向きにシートへ叩きつけられ、ハーネスが肩に食い込む。空気を押し退ける爆発の衝撃波でＦ35は密生する樹林の上へ放り上げられ、横向きに吹っ飛ばされた。もみくちゃにされるがＨＭＤをつけていたから姿勢は分かる（でなければ上も下も分からず、逆さまに地面へ突っ込んだだろう）。水平線を必死に目で掴むと両手が勝手に動いて、機をかろうじて水平に保った。そのまま爆風の勢いに運ばれて流された。

ズザザザッ

ひっくり返らないようにするのがやっとだった。そのまま樹木の中へ、めり込むように横向きに突っ込んだ。

シートの反対側へ叩きつけられる。

「うぐ」

ザザッ
機体が止まる。

「はぁっ、はぁっ」

どこか打ったか。顔をしかめ、身を起こす。

今のは赤外線誘導の対戦車ミサイルか――？　そう考える暇も無く
ボトボトボトッ
空気を叩くローター音が眉間を突くように迫る。

顔を上げる。

「くっ……！」

赤外線視野に、覆い被さって来る。短い翼を持ったヘリ――このシルエットは旧ソ連製ミル24ハインドか。

昆虫の複眼を想わせるタンデム型キャノピーのコクピット。実物は初めて見る――

その機首の下で、刺のようなガトリング砲の砲身がくるりとわたしに向く。

（……やられる）

息を呑む暇も無い、刺のような砲身がチカチカッ、と光ると真っ赤な濁流のようなものが頭のすぐ上を通過した。

ヴォオオッ

「きゃっ」

衝撃波。機体ごと叩き伏せられる。だが悲鳴を上げられるのは死んでいない証拠だ。

こんな至近距離で直撃しない――？

こちらを殺す気がない……？

いや。

（――そうか）

直感した。

あのヒト型の磁場で、照準装置の測距レーダーが働かないんだ。正確な距離が測定出来ないから正しい見越し角が取れず、照準器は役に立たない。タンデム型コクピットの前席に座る射手は目測で見越し角を取ったのかも知れないが、取り過ぎた。おまけに暗視ゴーグルをつけていたとすれば、今の第一射の火焔で視野が真っ白になり、十数秒は何も見えないはず。

「い、今だ」

前席の射手も後席のパイロットも視野が真っ白なら――

スロットルを入れる。エンジンは廻っている、推力が増しリフトファンが回転を上げ、機体は潰した樹木の中から浮揚する。ズザザザッ、と凄まじい音がする。頭上へ一気に逃げたいが、音を頼りにあてずっぽうに撃たれたら当たってしまう。ただちに操縦桿を右へ倒し、横移動で逃げる。とりあえずあのガトリング砲の射界から脱しなくては。

だが

「う」

わたしは目を見開く。

ミル24は、横移動してついてくる――しまった、後席のパイロットは視野がつぶれていないのか。前席が撃つ瞬間だけ後席はゴーグルをＯＦＦにし、暗視視野を失わないように連係を取っていたか。

こんな場所へ派遣されて来る連中だ、人民解放軍の中でも精鋭か。

「上へ逃げよう」

やむを得ない、離脱して帰ろう。左手でスロットルをフルに前へ――しかしその途端、背中でドンッ、という爆発のような響き。

ドン、ドドンッ

「……えっ⁉」

エンジン・ストール……⁉

戦闘機に乗っていれば分かる、それは異常燃焼の爆発音だ。

同時に推力が急減し、上がりかけた機体が沈む。

(やばい)

今、樹木の中へ突っ込んだ時に異物を吸い込んだか……!? インテークに木の枝でも引っかかっていたのが、推力を増そうとした瞬間、吸い込まれてエンジンに入ったのだ。

ビーッ
ビーッ
エンジン火災の警報音とともに、HMDの視界に『ENG』という赤い文字が現れて明滅する。

「ちぃっ」

エンジンは燃えながらまだ推力を出している。石ころのように落ちはしない、しかし上昇は出来ない。それどころか消火しないと十秒持たずに本当に爆発する――

わたしは目の前を見た。間合い一〇〇メートル、ミル24がお見合いする形で一緒に横へ移動している。高さも同じ、射手の視力が回復し次第、また撃って来る。精鋭なら今度は当てて来るだろう。まずい、脱出するか。しかしパラシュートで空中をふらふら漂ったら絶好の的にされる……。

（そんなの嫌）

右方向を見る。視野に何か、そそり立つ壁のようなものが迫って来る。これは――

わたしは右方向の様子をちらと見やると、正面にお見合いする大型攻撃ヘリを睨んで、さらに操縦桿を右へ倒した。

ビーッ
ビーッ
「来い」

来い、来い……。ミル24の、複眼のようなキャノピーが見える。後席パイロットと睨み合う形でわたしは機体を右方向へ飛ばす。こちらが横移動の速度を上げると、向こうもついて来る。樹木が足の下を流れ、数十ノットの速さ。

昆虫を想わせる機首の下で刺のような砲身がクルッ、と動いてこちらを向く。

同時に右の真横から巨大なそそり立つ灰色の壁が現れ、ミル24は横向きのままともに激突した。

グワシャッ
攻撃ヘリは爆光を膨らませて潰れ、わたしのF35は石林――そそり立つ石灰岩の岩山の表面をかろうじて廻り込みながら衝突を回避した。

「はぁっ、はぁっ」

向こうは暗視ゴーグルだ。視野が狭い。HMDの優れているところは全周が見えることだ。ミル24のパイロットはわたしを狩ろうとして、横の方向を見ていなかった。

だが

ビーッ

ビーッ

火災警報音は鳴り続ける。

「くそっ」

ヘルメットのフェース・プレートを跳ね上げ、わたしは左手で赤白縞模様の消火レバーを引く。エンジンが止まる。地表へ五〇フィートの高さ。運動速度は一〇〇ノット近く。石ころのように落下すれば、叩きつけられて死ぬ。

くそったれ、脱出だ……！

3

（脱出――――！）

エンジンが止まり、両翼のロール・ポストから噴き出す姿勢制御用エアも切れた。

たちまちコントロールを失い斜めになる操縦席で、わたしは股下の脱出リングを両手で掴むと思いきり引いた。

バシュッ

叩き出される——キャノピーが破砕され同時に座席下のロケット・モーターが点火、下向きに叩きつけられるGとともに、わたしは座席ごと暗闇の宙へ弾き出された。リングを引いてから二秒だ。

真っ暗。

ぶぉおおっ、と耳で空気が唸り、冷たい宙を縦廻りに回転する。身体が廻る——周囲は真っ黒だが、岩山に激突して爆発し炎上する大型ヘリの炎で、かろうじてどっちが大地かは分かった。すぐに座席がわたしの背から離れ、パラシュートが開いた。

ばささっ

「う——くっ」

ずん、という落下を止める衝撃。遠心力でハーネスが食い込む。歯を食い縛り、気を失わないように努める。大丈夫だ、意識は保っている。振り子のように宙に振られるがどうしようもない。顔をしかめ、下を見る。炎の照り返しで一時的に明るい。真っ白い濃霧の底を、黒い菱形翼を持つ機体が斜めになりながら横向きに樹林へ突っ込む様子がちらっ、と見えた。水面に突っ込んだかのように派手に木の葉が飛び散る。

爆発は——
(爆発しない。エンジンは消火したか……)
ごめん。
一瞬、目をつぶる。
わたしだけ脱出して——
「——」
その時になり、ハッとする。
(しまった)
エンジンは消火せずにおくんだった……！
あのF35BJが、もしも原形を留めたまま中国側へ渡ったら——
しまった。ついパイロットの本能でエンジン消火レバーを引いていた。
乗機は相棒だが、同時に国家機密——
(まずい)
そうだ携帯電話。
携帯電話は、どこへやった……!?
飛行服のポケットを探ろうとするのと同時に、大木の枝に背中から叩きつけられた。

「きゃっ」

枝を折りながら、落下した。パラシュートが木のどこかに引っかかり、ハーネスに吊されるようにいきなり止まった。衝撃。

「うぐ」

ぶらん、ぶらんと、吊されたまま揺れる。くそっ、高さは。地上十数メートルはあるか……？　もうＨＭＤの赤外線視界は無いが、どこかで炎上するヘリの火焔の照り返しで、白い濃霧の世界だ。足の下は見える。腐植土に覆われた森の地面か――

飛び降りても、大丈夫か……？　かなりの高さに見える。

（何とか、木の幹に飛びついて、伝って降りられそうなところを――）

ヘルメットが邪魔だ。だが捨てて逃げたら、中国側に拾われてしまう。我慢して見回す。数メートル横に大木の幹がある。

あそこへ、身体を振って飛びつけば……。

そう考えた時。

ボトボトボトッ
空気を叩くような爆音がして、白い光の棒が真上から垂直に、森の中を差し貫いた。

（もう一機のヘリ……!?）

さっきいた奴か。

やばい。

頭上を見る。

パラシュートが大木の上部に引っかかっている。上空から照らされたら、すぐに見つかる。

F35から脱出するところを、見とがめられたか。パラシュート降下した搭乗員——

つまりわたしを捕らえる気か。

(機体を爆破して、逃げないと)

携帯電話はどこだ。ジェリー下瀬から受け取って、確か脚のポケットに——

だが
ボトボトボトボトッ
轟音とともに風圧が迫り、大木の梢が揺さぶられ始めた。やばい、逃げるのが先だ。

横を見た。

木にしがみついていたら、すぐ見つかって捕まる……。

下を見た。

(死ぬような高さじゃ——)

真上に風圧が迫る。白い光の棒が、すぐ隣の木を真っ白く照らし出す。

「――ええいっ」

指ぬき手袋の右手で、ハーネスの胸のバックルを回して外す。途端に身体の拘束が解かれ、真下へ落下した。腐植土が迫る。とっさに身を捻る。

どさっ
「うぐっ」

く、くそっ……！　横向きに身体を打ちつけた。二階から体操用マットにおちたらこんな感じか。

苦痛はするが……動ける。

真っ白い光が、スポットライトのようにすぐ隣の木の根本を照らし出した。白い円形の光は移動して来る。

(怪我は、してない)

風圧で、木の葉が吹雪のように舞い上がり、降り注いで来る。

わたしは頭上からの風圧に抗するように、俯《うつぶ》せから身を起こすと、身体のあちこちで悲鳴を上げる痛覚は無視し、腐植土を蹴る。走った。

入れ替わりに真っ白い光の円が、わたしのいた地面と頭上のパラシュートの白い布地を照らし出す。

ヘリが空中停止する気配を背に、大木の並び立つ森を奥へ走った。巨木の根がうねうねと地面を持ちあげて起伏を造り、まったく平坦じゃない。おまけに腐植土は滑る。

「きゃっ」

足を滑らせ、地面の窪みに転がり込んだ。

「――はぁっ、はぁっ」

窪みに背をつけ、背後の気配を探る。あまり距離はあけられていない、この足下の状態と身体の痛みで、百メートルも走れなかった。

呼吸を整えると

（――一機じゃない……？）

顔をしかめる。空間の気配。ヘリの爆音は一つではない。ボトボト、ボトボトと重たいローターの響きが複数、広大な盆地の上空を動き回っている。

「くそ」

彼らにしてみれば、国籍不明のステルス戦闘機が突然やって来て、自分たちの監視する軍事機密の盆地へ侵入し、降下した――ということだ。

責任を預かる指揮官がいれば、総力を挙げて狩り出しを命じるだろう。不明機の侵入を許したのは大きな失点だが、ステルス機の機体を確保し、搭乗員を捕まえて上へ差し出せば手柄になる――

しゅるしゅるっ
しゅるっ
衣擦れのような響きがして、振り仰ぐと。

（……！）

息を呑んだ。

大木の先端すれすれにホヴァリングするミル24が、白い靄を通して浮かび上がる。その胴体両サイドのドアがスライドし、ロープを伝って多数の人影が跳び出しては滑り降りて来る。

戦闘員……⁉

ミル24は大型攻撃ヘリだ。対戦車ミサイルにガトリング砲を装備するが、後部キャビンに多数の兵員を乗せて運ぶことも出来る。旧ソ連製兵器というのは空母にミサイルを載せてみたり、多機能を合わせ持たせるのが特徴だ。

暗視ゴーグルをつけた特殊部隊が、わたしの足跡を見つけたら……。

「くっそ」

機体を爆破しなくては。

応援のヘリを寄越したということは、今頃墜落したF35の機体へも特殊部隊が降下して、取りついているかも知れない。

（冗談じゃない、中を調べられたらたちまち日本製って）

飛行服の脚ポケット――右脚のポケットを上から探る。

だが
「――ない⁉」

携帯がない。

指に、それらしい物が触れない。

しまった、ジッパーが半分開いている――どこかへ落としたか。

振り返るが、腐植土の地面はぐじゃぐじゃで黒く、まったく何も見えない。

探しに戻るか……⁉　しかし白いサーチライトに照らし出された大木の根本には、暗色の戦闘服の影が次々に着地し、周囲の地面を見ている。その顔面には黒いカエルのようなマスク。

（暗視ゴーグルだ）

とりあえず逃げよう。

身を起こす。痛い、とか言っていられない。右手で腰ベルトを探る。革製のホルスターに差し込んだシグザウエルＰ２２８がある。ホルスターの留め金だけ外し、わたしは走り出す。

「はぁっ、はぁっ」

〈任務〉は失敗か――

いや。あのヒト型のデータさえ送れていれば、完全に失敗とは言えない。どれくらいのデータが衛星経由で〈ひゅうが〉に届いたのか、想像するしかないが……。

（……あとは、機体さえ処分出来れば）

この盆地からの脱出を考えるのは、それからだ。

右腰に拳銃の重さを感じながら、大木の陰を縫うように移動した。足跡が残っているのかは分からない。大蛇のようにのたうつ根が地を這い、平坦な地面はほとんど無いからだ。靴の跡は残るのかどうか。

（――）

周囲の音を聞くためにヘルメットを脱ぎ、脇に抱えた。上空にホヴァリングするミル24を目印に、わたしは弧を描くように移動した。闇雲に遠くへ離れようとすれば、後で携帯電話を探しに戻れなくなる。それにまっすぐ逃げたら、たちまち捕まりそうだ。

自分が着地した位置から半径数百メートルの間隔を保ち、巨木の陰を選んで移動した。注意深く、周囲を見回すが、手持ちライトのような光は追って来ない。

ただ、背後からわたしを追う光が見えないからと言って、追手がいないわけではない。暗視ゴーグルをつけた戦闘員にはフラッシュライトはかえって邪魔になるはずだ。

(——大丈夫)

耳に神経を集中しても、辺りに気配は無い……。

やや離れてヘリのローター音が響くだけだ。

ひときわ太い巨木の陰に入り、わたしは呼吸を整えた。

(ここに、身を隠して、連中がいなくなるのを待とう)

ヘリは二時間も三時間もホヴァリングしてはいられない。わたしを狩ろうとする戦闘員たちも、着地現場から遠くへ逃げることを想定するだろう。ここにいれば——


息をついた時。

ふいに目の前を何か黒いものがブンッ、と跳び抜けた。

「きゃっ」

驚いた。水気の多い土地だ。のけぞった拍子にまた腐植土に踵が滑り、根の下の大きな水たまりの泥の中へ、もろに滑り込んでしまった。

ばしゃしゃっ
(まずい、音が……!)

思わず泥の中で身を固くし、動きを止める。

ほとんど同時に頭のすぐ上を、糸のように細い赤い光が一筋、なぎ払うように通過した。水たまりの向こうの巨木の幹に、赤い光の点が浮き出る。

（……レーザー・ポインター？）

中国人がよく、国際競技場でいたずらに使うやつ――もちろん本来の用途は、暗闇での射撃照準用だ。

やばい、後ろから追われていた……⁉

気づかなかった。

暗視ゴーグルをつけた戦闘員の一群が、わたしを追跡し、追いつこうとしていた。

やはり人民解放軍の精鋭か――音も立てず、地上の戦闘には素人のわたしに感づかれもせず、すぐ背後に迫っていたのだ。

水たまりに転がり込んだのが幸いした。暗視ゴーグルは赤外線視野だ。冷たいものは映らない。標高の高い盆地の水たまりは冷たかった。さらに数本の赤い光の筋が、頭のすぐ上を嘗めた。わたしは息を止め、音を立てぬように泥水の中へ頭をつけた。

（泥パックだ、これは……）

息を止めていると。

ザク、ザクと足音がして、いくつかの戦闘服の影が仰向けで泥につかるわたしのすぐ上をまたいで通過して行った。

「××◎※！」

「▼▽※！」

短い会話の声。聞き取れない、北京語か。

と
下生えを鳴らす音がして、十数メートル向こうでニャア、と鳴き声がした。

（……⁉）


猫……。

そうか、たった今、わたしのすぐ前を跳んで横切った――

あの黒いものは、猫だったか。

頭上で解放軍の戦闘員同士が、早口で会話する。「おい猫だ」「猫？」「俺たちが追っていたのは猫だったのか？」そういう語調だ。

リーダーらしき声が「××▼※！」と短く叫んだ。

戻れ、とでも言ったのか。

数人の戦闘員のグループは、構えた銃のストラップの金具を鳴らすと、一斉にきびすを返した。

来た方へ戻って行く――

助かったのか。

戦闘靴の気配が去ると、わたしは泥の中で身じろぎした。

ゆっくり身を起こす。どこか遠くで、まだあのヘリは炎上している。揺らめく照り返しで、濃い靄の中に巨木の影が立ち並ぶ。

全身泥パックのお陰で、身を起こしてもすぐには暗視ゴーグルに捉えられないはず――それでもあまり動かず、慎重に見回す。

と
(――何だ……)

何かの形が視界に入った。

左前方に、何かある――立ち並ぶ木の向こうだ。闇を背景に、鋭角の影が巨木の列の中から突き出て見える。あれは……

「……垂直尾翼?」

4

五分後。

(――これは……)

森の中を、鋭角の影がそそり立つ方向へ進んだ。途中で、重なり合う枝の下に入り、その影は見えなくなったが見当をつけて進んだ。携帯を探しに戻りたくても、まだミル24と戦闘員たちは去っていない。巨木の陰に留まっていても、旅客機らしきシルエットを確かめに出かけても、時間の経つのは同じだ。

光源から離れる方向に進むから、闇は濃くなる。しかしうねうねとした地面の上で辛抱強く歩を進めると、いきなり頭上が開けた。

見上げて、また息を呑んだ。

濃い靄の中、巨木の群れが上からの力で押し曲げられ、手で押したかいわれ大根みたいにひしゃげているのだ。そしてひしゃげた巨木の群れを支え台にして、翼を広げた流線型のシルエットがまるで宙に浮くように載っている。黒いシルエット。

「エアバスだ」

衛星から撮影されたのは、これか……。

わたしは数秒間、周囲を警戒するのも忘れて見上げた。

こちらに機首が向いている。黒焦げになっているが、A330だ。フランス視察の時にエアバス・インダストリーの本社も見学している。間違いはない。

（確かに）

突っ込んだのではない、この機体……。

上から木々をクッションにするようにして『置かれた』のだ。そう見える。

あるいはどこかから空間を跳躍し、そこに忽然と『現れた』のか。

いったいどういう――

見回すが、森は静まり返っている。遠くに複数の、ボトボトというヘリのローター音。わたしの着地した地点と、F35が樹林に突っ込んだ辺りか……。

早足で、機体を見上げて廻った。機首部分から側面へ――樹上に載っているから、とても手は届かない。表面が焼け焦げているのが微かな光で見てとれる。まるでスモークを焚いた空間に、オブジェが鎮座しているようだ。

中の人々は。

どうなっているんだ……⁉

しかし機体をじかに調べたければ、木を登るしか――

そう考えた時。

「――!?」

足が止まった。

思わず目をこすった。これは、目の迷いではないのか。

いや。

(――胴体が、断ち切られている……!?)

無数の樹木の支え台に載った形なので、初めは気づかなかった。黒く焼け焦げたエアバスA330の機体は、まるで居合いの達人が大根でも斬ったかのように、機首から三分の一のところで流線型の胴体がスパッ、と斜めに断ち切られているのだ。そのままの形で、樹上に載っている。断られてから置かれたのか、あるいは――

「いや、初めの可視光線画像では、機体は」

思わずつぶやいた。

頭に浮かべる。白地に赤のストライプを入れた機体。それが緑の只中に止まって見えた衛星画像――最初に見せられたあの写真では機体は無傷だった。志麻祐子が詳しく解析して、機体ナンバーまで読み取ったのだから、胴体が断ち切れていたら気づくはず。

では、あの〈フェアリ1〉と〈2〉の格闘戦が行われた後で……。

つん、と鼻を突く臭いがした。

ケロシン燃料の臭いだ――洋上で行方不明になってから十日も経って、姿を見せた時にエンジンが廻っていた、というのは本当なのか。

わたしは、ものすごい圧力で折れ曲がったと見える大木の幹の隙間へ入り、モノコック構造の胴体がスパッと断ち切られた面を、真下から仰ぎ見た。

「――凄い、構造を歪ませもせずに一刀両断してる……」

どうやったら、こんなことが出来るのか。

と

カサッ

（……⁉）

どこかで音がした。

機体後部の方か……？　振り向くが、暗がりだ。誰かいるのか。

行ってみよう。

左手にヘルメットを下げ、うねる木の根をまたぐようにして胴体の下を後方へ進む。

生存者はいるのだろうか。機体が燃えたのなら、生きている人がいればその時点で外へ脱出したはず――

ただ、今はわたし自身が遭難者のようなものだ。負傷者がいたとしても大した手助けは出来ないが……。

そう思った時。

ふいに黄色い光が閃き、わたしの顔をまともに照らした。

「うっ」

まぶしさに、右手で顔をかばう。

同時に

「フー・アー・ユー⁉」

暗がりの奥で、声がした。かすれた女性の声だ。英語。

警戒する声色で「ストップ、フー・アー・ユー⁉」と繰り返した。

「――あの、わたしは」

わたしも英語で答える。

「わたしは助けに来た。あなたたちを」

暗がりの奥――頭上を覆う後部胴体がわずかな光源も遮って、真の闇に近い。そこから手持ちライトの光線（おそらくマグライトだろう）が、強くわたしの顔を照らしている。生存者か……？

「助けに来た。怪しいものじゃないわ」

眩しさに目をすがめながら、繰り返す。

だが考えてみると、飛行服が全身泥パックだ。髪の毛までどろどろで――気味悪がられても仕方がない。

光はなおも、わたしの顔を嘗めたが、ふいに眩しさは消えた。

後部胴体の真下は、大木の幹が曲がって覆いかぶさり、祠《ほこら》のようになっている。

その奥に人の気配。

「助けに来た……？　あなたも普通ではないようだけど」

気の強そうな声は、さんざん怒鳴ったり叫んだりした挙げ句、声帯がつぶれてしまったような印象だ。元から少しハスキーなのかもしれないが。

祠のような暗がりから、蒼白い流線形のような影が現れる。スレンダーなシルエットに、髪を後ろでまとめている。身につけているのは光る繊維のチャイナドレスのような衣装――胸にネームのプレート。手にしているのは太いマグライトだ。その手首に包帯。

続いて、顔が見えた。

「子供の怪我人がいる。医薬品は持ってない……？」

「……」

わたしはまた息を呑む。

アジア系の女性——歳はわたしと同じくらいか。チャイナドレス風の衣装は制服だろう。空港で見かけたことがある。マグニフィセント航空のキャビン・アテンダントだ。


「あなたは誰」

フー・アー・ユーという言葉を、アテンダントはわたしを見て繰り返した。

きつくアイラインを引いた目——ただ、声に初めの時のような険しさはない。同じアジア系の女で、英語を話す。年齢も同じくらいと分かった。

「さっきから急にヘリの音がし始めて、爆発音も聞いた」

「……」

「さっきのは、あなたのヘリがおちた音？」


「あの」

泥だらけの飛行服を見て、遭難したヘリの搭乗員と思ったのか。

わたしはどう答えていいのか分からず、とりあえず言える事実だけ口にした。

「激突したヘリとは違う。わたしの機はエンジントラブルを起こして、さっき墜落した。岩山にぶつかったヘリの搭乗員は助からなかったと思う。可哀想だけど」

「そう」

「この通り脱出して、何も持っていないわ」

自分の格好を指した。

「大したことは出来ない。けれど、手助け出来ることがあったら言って」

「無線機は？」

「持ってない」

「別のヘリが、ここに気づいてくれるかしら」

「分からないけど――上の残骸がよく目立つから」

「そう」

アテンダントは、険しい表情は崩さないが、少しほっとしたように息をついた。

「ありがとう。とりあえず一緒に来て」


一分後。

「機体が燃えた時に、いったん退避したんだけれど。雨が降って自然に鎮火した後、ここへ戻った。外よりもここのほうが、霧雨をしのげる」

キャビン・アテンダントは、わたしを祠のような空間へ招じ入れてくれた。話しながら、固形燃料の灯りをつける。地面には毛布が敷かれ、数人が寝かされている。いずれも子供か……？

「何日くらい、いるの」

「もう三日」

マッチを吹き、アテンダントは言った。

「この濃いミストじゃ、空からの捜索も無理だろうって、半分あきらめていた。来てくれたのには感謝する」

「いえ」

わたしは唇を噛む。

「助けに来たって言っても、してあげられることがないの。ごめん」

「いいよ」

息をつきながら彼女はつぶやいた。

「まったく――あれはいったい何だったんだろう。まさかあんたたちの国が、変な実験でもしていたんじゃないだろうね？」

「……実験？」

わたしの泥だらけの飛行服を見て、キャビン・アテンダントは、上空を飛び回っているヘリの仲間と思ったらしい。

「あれは何かの実験じゃないの？」

「あれって、何」

訊き返しながら、わたしは祠の中を見回す。頭上を大木の幹と機体が覆っているから、夜露がしのげるのだろう。寝かされているのは、いずれも日本で言えば小学生くらいの子供たち。男の子が二人、女の子が三人。国籍は分からないがアジア系だ。

ほかに生存者は……？

地面に広げたままの救急箱。その向こうに、仰向けになったまま動かない影が一つ。大人の女性だ。チャイナドレス風の制服。でも動かない。

「あれは、あれよ。虹色に光る竜巻」

シャイニング・トルネード・ウィズ・レインボーカラー、という言葉を、キャビン・アテンダントは口にした。

「え」

わけが分からない。

「……光る竜巻？」

いったい、彼女の八〇七便に何が起きたのだ。

虹色の、竜巻……?

絶句していると

「ごめん、とりあえず自己紹介がまだだったわね。あたしはルイザ」

チャイナドレスのキャビン・アテンダントは、我に返ったように息をつき、右手を差し出した。

「あ、あの。わたしは」

握り返す。でも素姓を、簡単に話してよいのか。

ルイザと名乗ったキャビン・アテンダントは、とうにはげてしまっているが化粧は濃いようだ。国籍はどこなのだろう、マグニフィセント航空の社員ならばシンガポール人か。ビジネス客に人気のある航空会社のアテンダント——男にもてるタイプだ。

「わたしはベラ」

とっさに、自分のTACネームを口にした。戦闘機パイロットが編隊行動をとる時、お互いを呼び合うのに使う個人コールサインだ。無線で使うものだから、分かりやすさを第一に、空自の戦闘機パイロットはみな自分のTACネームを持っている(わたしの場合は彫りが深くて顔が濃い、という理由で訓練生時代に無理やり『ベラ』にされた)。

サトコ・オトグロと名乗れば、日本人だとすぐにばれる——しかし中国や東南アジアでは、人々は呼びやすい英語の通名を使う（『ルイザ』も多分そうだ）から、ベラにしておけば国籍は分からないだろう。

「実験とか、知らないし。そんな光る〈竜巻〉も見たことがない。よかったら何が起きたのか話してくれない」

「そう」

ルイザと名乗ったアテンダントは、大きな目でぎょろっ、とわたしの服装を見た。

「ベラ。あなたはベトナム空軍？　それとも人民解放軍？」

「……」

一瞬、また答に詰まる。

だが
「ま、いいわ」

自分で訊きかけておいて、ルイザは頭を振った。

わたしが素姓を隠したことを、微妙に悟っただろうか？　でも気にする風もなく、ルイザは話題を変えて話し出した。

「シンガポールのチャンギ空港を出て、二時間くらいだった。ずっと夜間飛行だったのに外が急に明るくなって——突然飛行機が光る竜巻のようなものに吸い込まれてグルグルッて廻り出して——みんな気を失った。気がつくと、このジャングルの大木の上に機体が載っていて。外は昼間で」

「そう」

「あたしはチーフCAだった。コクピットへ駆け込むと、機長が『何が起きたのか分からない』って——ただGPSの表示を見ると、ここは中国領内で、光る竜巻に吸い込まれてからなぜか十日も経っているって。GPSの時刻表示は正確なはずだから間違いはないって——」

「……」

「ベラ、ここは中国領内なの？」

「……そうよ」

わたしはうなずいた。

「雲南省の高地。山に囲まれた盆地の底」

「乗客が騒ぎ始めて、ファーストクラスに乗せていた中国人の学生が何人か、コクピットへ押し込んできて無線ですぐ助けを呼べって要求し始めた。でもすぐに電波障害が起きて、無線は通じなくて」

「……」

「中国人が機長を責め立て始めた。あたしは、後部キャビンで子供が倒れているって報告を受けて、そこを離れて通路を後ろへ向かった。その時だった。あのヒト型が」

「……⁉」

ヒューマノイド、という単語にわたしは思わず目を上げた。

日本語に訳せば『ヒト型』だからだ。

「ヒト型？」

「そう。ヒトの形をした、凄く大きい。フィリピンのＴＶで昔さかんにやっていた、ボルテスって言うの？　ああいうやつ」

「……」


「まさか」

わたしは祠の中で、頭上の機体を振り仰いだ。

「そのヒト型が、これを」

「そうよ」ルイザはうなずく。「襲って来た。あの光の剣のようなもので真っ二つに」

「……」

「焦茶色のヒト型。悪魔のような」

「そのヒト型は」わたしは思わず訊いた。「もう一体、いなかった？」

「それは」

ルイザは言いかけたが。

その時だった。

何かの気配がして二人とも頭上を仰いだ。

ボトボトボトッ
ふいに、重量物体が覆いかぶさる気配がして、ローター音が辺りの空気を打った。
同時に
ザザザザッ
押し曲げられた大木の枝々が、風圧で一斉に鳴り始めた。樹上に載った巨大な機体も、ゆさゆさ揺れ始める。
カッ
真っ白い光の柱が、祠の外側を真昼のように明るくした。
この機体が、見つかったのか。
「見つけてくれたようね」
ルイザが声を上げ、走り出ようとする。
「やっと救助が」

「──待って」

だがわたしは、ルイザの左腕を掴んで止めた。

「出ていくのは待って」

「どういうこと？」

「訊くけど」

わたしはルイザの顔をのぞき込むと、続いて毛布に寝かせた子供たちを見やった。

みなぐったりとして、ヘリの爆音を耳にしても起き上がろうとしない。

「あの子たちの中に、中国共産党の幹部の子はいる？」

「どういうこと」

「答えて」

「いないわ」ルイザは頭を振る。「助かったのはみな、後部キャビンのエコノミークラスの乗客の子。太子党《たいしとう》の連中はファーストの学生たちだけ」

「──」

「光の剣のようなもので真っ二つにされた時、切り口よりも前方は爆発的に燃えた。誰も助かってない。後部の乗客も──」言いかけて、ルイザはわたしの顔を見る。

「どうしたのベラ」

「……」

絶句していると。

眩しいばかりの外のサーチライトが、ふいに消えた。闇に戻る。間を置かずにしゅるっ、しゅるしゅるっと衣擦れのような響きが頭上から降りて来る。

「聞いてルイザ」

わたしは両手で、派手な顔のアテンダントの両腕を掴んで言った。

「殺されるかも知れない」

「どうして」

「いい。あなたたちは、彼らの軍事機密を見た」

「……」

「その虹色の竜巻と、ヒト型の機体。彼らはあなたたちを殺すかも知れない」

「ベラ、何を言っているの」

「どこかに、水たまり——池のようなものは。子供たちを急いで移動させて」

「よして」

ルイザはわたしの手を振り解いた。

「あなた何者」

「わたしは」

「何者か知らないけど、巻き込まないで。上のヘリは救助に来たのよ。もしもあたしたちを殺すつもりなら、上空からロケット砲でもぶっ放すはずじゃない⁉」

「共産党幹部の子供が乗ってた。彼らはその子供たちだけ助けて、後は」

「――」

睨み合う数秒の間に、祠の外には次々に人間が着地する気配。サーチライトを消したのは、暗視ゴーグルをつけた戦闘員を降ろすためか。

「今、外に降りて来ているのは人民解放軍の精鋭よ。わたしは日本の航空自衛隊。この盆地を偵察に来た。さっきの爆発は、わたしの戦闘機と彼らのヘリが相打ちになった、その時の音」

「――」

「わたしも追われているけど。あなたたちだって見つかれば」

だが説明する時間はあまりにも少ない。

たちまち十数の気配が外に着地すると、樹上に載った機体の周囲を調べ始める。ガサ、ガサと動き廻っている。

ここが見つかるのは、時間の問題か。

「信じて」

「――」

5

「信じて。ルイザ、すぐに逃げないと」

「――待って」

ルイザは、わたしの腕を握り返した。

「ベラ、あなた日本人なのね」

「そうよ」

「そう」

アジア系の女性はわたしを見返す。

「そうじゃないかと思ってた。英語が下手だから。どうして日本人のパイロットが中国の奥地にいるのかって」

「……」

「ここに三日もいるから」

声を低めると、早口になった。

「耳が、鋭くなった。もう間に合わない、子供たちを連れて逃げるのは無理。すっかり囲まれてる」

「……」

わたしは絶句する。

思わず、右腰のホルスターに手が伸びる。

だが暗視ゴーグルをつけた十数名の戦闘員を相手に、拳銃一丁で何が出来る……？

（──）

自決用、か。

彼らに捕まった場合、予想される拷問が頭をよぎった。でもまだF35の機体を爆破処分していない、まだ死ぬわけにはいかない。それに──

（──死んでしまったら。この人たちを何とかして助けることも）

唇を噛むと。

「ベラ」

ルイザがわたしの腕を強く握った。

「外にいる連中は、中国軍なのね？」

「うん」

「人民解放軍」

「そうよ」

「わかった」

言うが速いか、ルイザはわたしの飛行服の襟元へ手を伸ばすと、ジッパーを掴んで引き下げた。

ジャッ
「何をするの⁉」

「急いで着替えて」

「えっ」

「あたしの友達の服を借りる。着替えて」


祠の奥に寝かされていたチャイナドレス姿のアテンダントは、ルイザの同僚だという。胴体が斬られた時、爆発的な煙で充満する後部キャビンから子供たちを抱きかかえて脱出した。だが多量の煙を吸い込み、地面に着くなり倒れた。それ以来意識不明だという。

一分後。

脱いだ飛行服とヘルメットを木の根の間へ隠し、わたしがスリットの入ったワンピースを被るように着こむのと、黒いカエルのような面をつけた一団が銃を手に踏み込んで来るのはほとんど同時だった。

「××▼☆※！」

先頭の一名が大声で何か言った。

少なくとも、助けに来たぞ安心しろ、ではないように感じた。小銃を手に詰問するような口調。

ルイザがわたしの前に出ると、英語で「分からないわ」と答えた。

「それより、子供の怪我人がいる。助けて」

「では、英語で話してやる」

先頭の戦闘員はリーダー格か。英語が話せるようだ（うまくはない）。

「お前たち生存者の中に、次の十一名がいるか知りたい」

黒い迷彩戦闘服の胸ポケットから、リーダー格の男はメモを取り出すが
「生存者は、あたしたちで全員よ」

ルイザは頭を振る。

「ほかに生き残った者はいない」

「何だと」

黒いカエル面の戦闘員たちは、互いに顔を見合わせ、早口で何か言い合う。

その様子を、ルイザは背後にわたしと子供たちを護るようにして、立って見ている。

わたしは、彼らが言い合う隙に、そっと背中へ手を回してワンピースのファスナーを一番上まで引き上げた。服を貸してくれたルイザの同僚の子には、毛布を被せてある。

「突然、爆発的な火災が起きて、キャビン最後部の床に寝せていた怪我人の子供たちと、介抱していたあたしと彼女だけ助かった」

「ほかの乗客は」

「客室の前方と中央部は知らない。たぶん一瞬で全滅。後方客室の乗客たちは最後部の非常脱出ドアへ殺到して来て、あたしたちが止めるのも聞かずにドアを開放して外へ飛び出した。地面までかなりの高さがあったから、次々に叩きつけられて」

「その客たちはどこか」

「見たいなら、案内する」

ルイザは顎で、外を指した。


祠から外へ出た。

ルイザとわたしを先に立たせ、リーダー格の戦闘員ほか二名が続いた。

樹上にそそり立つ垂直尾翼の、さらに後方——さっきはわたしも機首から胴体の中央部までを見た。この辺りへは来ていない。

暗い。うねうねとした大木の根が覆う地面に、おびただしい何かが転がっている。

（――）

わたしは息を呑む。

ルイザが立ち止まる。

「高いから、飛び降りるのは危ない、止まれといくら叫んでも――みんな群集心理で止まれなかった」

「何人、転がっている」

「数えてない。分からないわ」

ルイザは頭を振る。

「あたしたちは子供たちを抱えていたから、木の幹伝いにゆっくり降りた。窒息しそうになったけど、助かった」

「むう」

リーダーは唸った。暗視ゴーグルで、目の前の地面の惨状が見えるのか。

そこへ
「▲◇※！」

後方から戦闘員の一人が走ってきた。

早口で、何か報告する。

リーダーは途端に顔をしかめた。樹上に載った機体を見上げ、何か悪態をつく。

「機内に上がって調べた。生存者はいません、と報告したわ」

ルイザが身を寄せて、わたしの耳に小声で告げた。

「救助しろと命じられていた太子党のガキどもが全滅していて、いきり立ってる」

「……わかるの？」

「本当は北京語、出来る」

さらにそこへ、別の戦闘員が駆け寄ってきた。手に何か持っている。円い物体。

それを目にして、顔から血の気が引いた。

（……わたしのヘルメット⁉）

しまった。

もっと木の根の間の奥へ、しっかり突っ込んでおくんだった……！

戦闘員はヘルメットを示し、後方の祠を指す。あの辺で見つけました、と報告しているのか。

「××☆▽※！」

リーダーは鋭く命じた。「探せ」と言ったのか。

戦闘員は敬礼し、駆け戻っていく。

リーダーは唸って、ルイザに向いた。

「おいっ、日本人のパイロットが来たはずだ。どこにいる⁉」

「知らないわ」

ルイザは腰に両手を置いて、頭を振る。

「日本人って、どういうこと」

「この盆地にステルス機で侵入した不届き者がいる。我々はそいつを捕らえなければならない」

「そんな、日本人の男なんて知らない」

「男とは限らない」

大柄なリーダーは、胸ポケットから何か取り出す。

（――！）

わたしはそれを見て、のけぞりかけた。

ピンク色のカバーをつけた携帯……⁉

「これが、向こうの着地現場におちていた。見ろ」

男が指で触れると、画面に『スライドでロック解除』と文字が出る。

「日本の文字だ。侵入したステルス戦闘機のパイロットが撃墜されて脱出し、パラシュート降下した地点におちていた。そしてこんな色の携帯電話を使うのは、男ではないかも知れない」

「――」

ルイザが絶句する。

固まったその肩越しに、リーダーがわたしを見た。

「お前は。アテンダントか」

「――え、英語はよく分からないわ」

とっさにわたしは、フランス語で答えていた。

ルイザに「英語がへたくそ」と言われたばかりだ。英語で話すとばれるかも知れない。フランス語は防大で第二外国語として取った。欧州の航空機メーカーの視察で役に立ったが、もちろんうまいわけではない。でも中国人のリーダーには、わたしのフランス語がうまいのか下手なのか、分からないだろう。

「フランス語で訊いて」

「何」

「彼女は」

ルイザが、とっさにか、フォローしてくれる。

「フランス系ベトナム人よ。あたしの同僚。日本人なんかじゃない」

「むうっ」

リーダーはまた唸ると、肩に装着した無線機のマイクを取り、早口で何か命じた。何名のグループで降下して来ているのか……？　男のイヤフォンには次々応答が入って来るようだ。機体の周囲を捜索しろ、と命じているのか。

「☆★△×※！」

次いでリーダーの男は、つき従う二名に何か命じた。

二名は敬礼して『了解』の意を示すと、小銃に銃剣を取りつけ、暗闇の底に散らばって転がるおびただしい数の物体を片端から突き刺し始めた。

「な――」

わたしは目を見開く。

「何をさせているの」

「しっ」

ルイザは小声で、驚くわたしを制する。

「日本人のパイロットが服装を替えて、遺骸の中に紛れて隠れているかも知れないから。残らず突き刺せと命じたわ。男も女も、全部」

「……」

「おいお前たち」

固まって見ているわたしたちに、リーダーの男が言った。

無線のマイクを手に、こちらへ歩み寄る間にも、どこかと話している。今度は上からの命令を受けたのか「◎◇※！」と『了解』を思わせる語調で答えている。

「お前たち生存者は、上へ連れていくことになった。ヘリで吊り上げる」

三分後。

どこか上空で旋回していたミル24が再び低空へ降りてきて、ボトボトと重たいローター音で周囲の闇を震わせた。

空白の救難隊でも使っているライフベスト型のリングが降ろされ、ルイザとわたしは一人ずつ、ワイヤーで吊り上げられた。

「きゃ」

チャイナドレス風の制服は太ももの真ん中までスリットが入っていて、風圧を受けると簡単にめくれた。飛行服のアンダーとして身につけていたタイツは、厚めの黒ストッキングに見えないこともない。わたしはなるべく『ヘリに吊り上げられるなんて初めてだわ』と戸惑うキャビン・アテンダントを演じることにした。上空五〇フィートにホヴァリングするヘリのデッキに引き揚げられた時も、救命リングのストラップの外し方がわざと分からない振りをした。

わたしとルイザを引き揚げた後、ストレッチャーが降ろされ、祠にいた子供たちと意識不明のルイザの同僚が引き揚げられてきた。

デッキにいた兵が、同僚の子の毛布をめくって見ようとすると、ルイザが「ノー！」と激しく怒った。

寝かされた意識不明の子を背後に護るようにして、ルイザとわたしでデッキの床に並んで座った。揚収を終えたデッキの飛行兵たちが、にやにやとこちらを見ている。

（参ったな）

この制服を着ていると、どんな座り方をしても脚がほとんど丸出しになる。

その代わり。

（何とか、ベトナム人のキャビン・アテンダントとして収容された）

あのリーダーの男は『上へ連れていく』と言った。

とりあえずは、殺されずに済んだようだ。

しかし――

「いったい、どこへ連れて行かれるの」

ルイザが、わたしの考えていることを代弁するように言った。

「連中は人民解放軍よ。何をされるか」

その言葉を遮るように、ヘリのデッキのスライディング・ドアが勢いよく閉じられた。頭上で双発タービン・エンジンの回転が上がり、機体はぐぐっ、と機首を下げるようにして勢いをつけてから上昇を始めた。

6

「う」

飛行機には乗り慣れているのだろうが、ヘリは初めてか。

ルイザは、デッキの床が機首方向へ傾き加速度がかかると、気持ち悪そうにわたしの肩につかまった。

「ルイザ、大丈夫?」

「大丈夫」

派手な感じのキャビン・アテンダント(まだ国籍を訊いていないが、シンガポール人だろうか)は肩で息をした。

ついさっきまで、戦闘グループのリーダーを相手にたんかを切っていたが――

「気が、張りつめていたから――いけない、まだ助かったと決まったわけじゃない」

「上昇していくわ」

わたしはルイザの肩を抱きながら、兵員輸送デッキの天井を見上げた。

赤いランプが一つ。薄明るい空間だ。

キィイイインッ――

タービンの燃焼音が高まり、やや機首を下げた姿勢から、身体に押さえつけるようなGがかかる（ヘリは上昇する時には機首を下げる。まだ資格は取っていないが、飛行開発実験団でUH60の操縦を数回やらせてもらった）。

加速しながら高度を上げている――

兵員を輸送するデッキの、横向きに開くスライディング・ドアには小窓があったが。わたしたちはじかに床に座っているので、外の様子は見えない（窓を覗いたとしても、濃い靄で何も見えなかっただろう）。

ヘリは上昇していく。離陸するとそれぞれ配置があるのか、デッキにはほかに積載物を扱う係の若い飛行兵が一人だけになった。ドアを閉めて上昇が始まると、しゃがみこんでゲーム機をいじり始めた。

あのリーダーの男が率いる戦闘員のグループは、八〇七便の機体そばに残った。逃走中の日本人パイロット——つまりわたしのことを引き続き捜すのだろう。

「どこへ行くと思う?」

ルイザがつぶやくように訊く。

頭上の双発タービン・エンジンの騒音で、話し声はかき消される。わざとフランス語を使う必要もなさそうだ。

「この盆地を取り巻いて、山岳地帯がある」

わたしは英語に戻って説明した。

「盆地を見下ろす山のどこかに、彼らの前進基地があるはず」

「分かるの」

「あのヒト型の残骸を引き揚げたいなら、そうすると思う。構造重量は分からないけど、あれはとてもヘリ一機では——」

「……?」

「あぁ」


わたしは、けげんな顔で見返すアジア女性に「ごめん」と言った。

「なぜ謝るの?」

「だって。あなたの友達を下着一枚にしてしまったわ」

「いいのよ」

ルイザは、壁際に寝かせている同僚を見やった。

もう一人のアジア系の女性。目を閉じたままだ。

「ベティは助からないかも知れない」

「分からないけど、前進基地には医療テントくらいあると思う。彼らも助けた以上は」

「そうだといいけど」

ルイザは同僚の毛布をかけ直す。

「間に合えばいいけど」

「ルイザ」

わたしはあらためて礼を言った。

「ありがとう。あなたのお陰で捕まらずに済んだ」

「ベラ。捕まったら、殺されていた？」

「そうとは限らないけど――わたしたちの国が、大変なことになるところだった」

わたしも息をつく。

でも、まだ危機を脱したわけではない。Ｆ35ＢＪは盆地の底に擱座したままだ。何とかして、あのリーダーから携帯を取り戻して、爆破しなくては……。

唇を噛むと
「前にね」

ルイザが言った。

「こんなことがあった。機内で中国人の団体が勝手に騒ぎ出して、手がつけられなくて。あたしたちが困っていると、日本人のビジネス客が助けてくれた」

「本当？」

「それはほんの一例だけど。でもあたしは日頃から、いつか目の前で日本人が困っていたら助けよう——そう思っていた」

「……」

わたしは、そのビジネスマンに感謝しなくてはならない。

そうだ。

あのヒト型——NSCの黒伏は『リストラされた日本人技術者をかき集めて造らせた』と推測していたが……。本当に日本の技術で造られたものなのか……？

「ルイザ。ところで、頼みがある」

「何」

「思い出して欲しい」

わたしは、ヒト型が八〇七便を襲ってきた時の様子を、なるべく詳しく話してくれるよう頼んだ。

「そうね――あの時は」

ルイザは、少し辛そうな表情で話した。

「あたしは、通路を後ろへ向かって急いでいた。その途中で機体がぐらっ、と揺れて。変な気配を感じて窓の外を見た」

「気配？」

「空気を押しのけて、何か押し寄せて来る――そんな感じ。機体の外板が震えたし」

「……」

「焦げ茶のやつが、宙を翔んで襲いかかって来ようとした。そうしたら」

「そうしたら？」

「もう一つ、青いヒト型が横から現れて、立ち塞がった」

「立ち塞がった……？」

「まるであたしたちを護ってくれるみたいに――二体は格闘になった。空中へ飛び上がって、ぶつかり合って、着地して、互いに何か背中から抜いた。眩しく光っていて――そうよ、あれは剣だった」

「剣？」

「さっきも話した。光る剣」

光る、剣……？

わたしは、居合いの名人が大根を斬ったような、エアバスの胴体の切り口を思い浮かべる。

「それでどうなったの？」

「それ以上は見ていられなかった」

ルイザは頭を振る。

「後ろへ急がなきゃいけなかった。呼吸が止まって、ＡＥＤを使わなきゃいけない子供がいて」

「……」

わたしが絶句するのと、ヘリの機体が何かに揺さぶられ大きく傾くのは同時だった。

「うわ」

ギキキキッ
機体が揺れるのには慣れている。とっさに脚を広げてバランスを取る。

ルイザが、並べて寝かせた子供たちが転がろうとするのを、覆いかぶさるようにして止めた。

「な、何これ⁉」

「たぶん山岳気流」

わたしはキャビンを見回す。ゆさゆさと揺れる。

「盆地から、山脈の上に出たのよ。山越えの気流であおられてる」


一分後。

ヘリは水平飛行から、降下態勢に入った。今度はやや機首を上げ、その姿勢のまま斜めに沈降していく。

わたしは膝立ての姿勢でスライディング・ドアへ近寄り、小窓から外を見た。

「……⁉」

途端に、眩しい白い光が目を射た。

何だ。窓の下が白い……⁉

目が慣れると、雪の残る斜面を水銀灯が照らし、それが光っているのだと分かった。目の下を斜面と、わずかな平地が流れる。どこかの山の頂に設営されたヘリポートと、その支援基地か……？

北半球はまだ秋だ。雪は、去年から残っているものだろう。標高は一〇〇〇フィートくらいか。富士山の八合目だ。

「ルイザ、着いたわ」

見ているうちにヘリは下降し、雪面に引かれた四角い黄色いラインの真ん中へ位置を合わせ、着地した。

ドスンッ

間をおかずに外側からラッチが外され、スライディング・ドアが横向きに開いたので、わたしは戦闘服の兵士とまともにお見合いする形になってしまった。

「☆★△×※！」

驚いたようにわたしを見て、兵は何か叫んだ。

「え？」

「どけ、と言っているわ」

ルイザが背中で言うのと、銃をストラップで背負った数名が息を白く吐きながらデッキへ強引に上がるのは同時だった。

「きゃ」

わたしは押しのけられ、横向きに尻餅をつく。

上り際に、その中の二人がわたしの脚をちらと見る。何か急がされているのか、兵たちは床に毛布を敷いて寝せた五人の子供たちを次々抱き上げると、運び出す。

外は白い。兵のリーダー格が『急げ、急げ』とでも言っているのか、北京語で叱咤する。ヘリの着陸で吹きあげられた雪が舞い散る中、子供を抱えた兵たちが走っていく。その先に大型の白い密閉型テントが見える。

（あれは――）

舞い散る雪を光らせる、仮設の水銀灯――その灯火が届かないところは逆に濃い闇になっている。大型密閉テントはいくつもあるようだ。

「★×※！」

外を見るわたしを押しのけるように、兵のリーダー格が最後に上がって来ると、毛布を掛けて寝かせてあるルイザの同僚の前に片膝をつき、顔を覗き込んだ。『意識が無いのか？』というような意味だろう、横のルイザに詰問調で訊く。ルイザがうなずく。

リーダー格が何か外へ怒鳴ると、担架を携えた部下二名が駆け上がって来た。白っぽい迷彩服の背中に赤十字。

よかった、衛生兵か。

「▽▼◎※！」

「あたしたちにも『来い』って言ってるわ」

「分かった」


担架で運ばれる同僚女性の横につき添うように、ヘリを降りて急いだ。

足が冷たい。万年雪の上か……？


「――」


歩きながら見回すと。

水銀灯に照らされる急造のヘリポートには、他にも五機のミル24と、輸送タイプの大型ヘリ数機が並び、ローターの先端が触れ合うくらいにひしめいている。

（ミル26……？）

軽く驚く。C130輸送機に匹敵する積載量を持つという、ロシア製の超大型輸送ヘリもいる。実物は初めて見る。

下にもたくさん飛んでいたし……。空挺の一個大隊が来ている感じか？

ここは、どの辺りの山の上だろう？　わたしが飛んで来た時には、F35のセンサーには引っかからなかった。盆地を挟んで反対側の山地か――

振り仰ぐと、頭上の闇の中に巨大な何かがそびえている。さらに高い山があるのか。

その時。

（……⁉）

わたしの視界に何かが映った。

何だ……。

闇の奥まで立ち並ぶ大型密閉テント。その向こうに、照明の当たらぬ空間があって何か大きな物が鎮座している。

（あれは）


もっとよく見ようとしたが。テントの入口脇に立つ歩哨が『早く入れ』という意味か、手招きをして大声で促した。

ざわざわざわ
大型テントの内部は、病院のようだった。白いベッドが並べられている。多くは空いていたが、負傷兵がヘリで運び込まれたらここですぐ処置する態勢なのだろう。医療用テントに間違いない。

すでに子供たちがそれぞれベッドに寝かされ、点滴を打たれていた。素早い処置だ。

大判のマスクをした白衣の男が、子供たちの衣服の前を広げ、裸の腹をむき出しにすると盛んに指で触れて調べている。

「大丈夫。みんな助かるわ」

わたしは、心配そうに見ているルイザに言う。

兵のリーダー格が、『お前たちはこっちだ』と言うように前を指し、わたしとルイザを促して歩かせる。

この医療テントを通り抜けて、別のどこかへ連れていかれるのか。

わたしたちは外見上、怪我をしていないように見えるのか。

(別に、手当てはいらないとは思うけど)

でも普通は生存者を救助したら、検査くらいするものではないのか。

歩きながら横を見ると。医師らしい男が、子供たちそれぞれの裸の腹の上に色付きマジックで何か印を描いている。ベッドのすぐそばにいつの間にかホワイトボードが運ばれ、心臓、肝臓、腎臓などと漢字が書かれ、太いアンテナの衛星携帯電話を手にした別の白衣の男がどこかと盛んに話しながら漢字の横に数字を書き入れている。

「……！」

その様子を見たルイザが、大きな声を上げた。

「あんたたち、何するつもり！」

わたしは目を見開いた。

ルイザが急に叫ぶと、駆け出して白衣の男たちに掴みかかろうとした。それを兵たちが羽交い絞めにして止めた。

「うぅっ放せ、放せこらっ！」

髪を振り乱して暴れるルイザの腹を、兵の一人が拳で突こうとする。

（！）

それを目にしたわたしは反射的に動いた。床を蹴るとルイザと兵の間に割り込み、拳をチャイナドレスのみぞおちの寸前で掴み取った。

パシッ
「やめなさい」

「★×！」

若い男の兵は驚きの声を上げ、わたしの手を振りほどくと背の銃を両手で掴み、台尻を振り回して来た。

ブンッ
だが動きは遅い。わたしが身を屈めると、木製の台尻は唸りを立てて頭のすぐ上を通過し、ルイザを羽交い絞めにする兵にぶち当たった。ぎゃっ、と悲鳴。

「××▲！」

「×▲！」

周囲にいた兵たちが反応した。北京語で何かわめきながら、床を鳴らして一斉に駆け集まる。五人——

まずい。

「ルイザ離れてっ」

叫びながら、本能的に〈敵〉の数を数える。

ルイザは転がるように離れるが、こんな山中の基地の中ではどうしようもない。意識不明の同僚を寝かせたベッドを背に、こちらを見る。

(――くそっ)

わたしは囲まれた。兵たち五人は間合い一メートル半で取り囲み、何か口々に叫んだ。『動くな』とでも言っているのか。

チャッ
正面の一人が、背にした銃を取り、まともに向けてきた。

「××▲!」

その叫びを機に、真後ろにいる一人が踏み出して来た。背後から絞めあげるつもりか、片腕でわたしの首を取ろうとする。

(やだ)

身体が勝手に反応した。真後ろから掴みかかる腕を、体を沈めてかわすと同時に右肘を反射的に後ろへ突いた。

「グギャッ」

手応えと共に兵は悲鳴を上げて床に崩れる。

どさっ
（うわ、やっちゃった……！）

何てことだ。

ざざっ、と残り四人が音を立てて身構え、チャイナドレスのわたしを押さえ込むように包囲した。

チャッ
銃がわたしの顔を狙う。

まずい……！

四人に取り囲まれ、わたしは我に返った。

（しまったどうしよう）

気がついたら手を出していた。

男を相手に格闘……？　わたしらしくもない、防大では武道は必須だったので合気道はちょっとやったが、習った技なんか全部忘れた。今のは、自然に身体が動いたのだ。

四人。右、左と、やや右後ろ。

不思議と、周囲の〈敵〉の数と位置だけは考えなくても掴める……。

(だからと言って……)

正面の銃を構える一人が何か叫び、わたしの周囲で三人がほぼ一斉に掴みかかろうと予備動作に入った。

「……くっ」

だがその時。

7

その時だった。

正面から銃を突きつけられ、三人の兵に左右と後ろから襲いかかられようとした時。

「☆★×!」

鋭い声が、わたしの背後で響いた。

反射的に三人の兵が動きを止める。兵の動きを読んで身をかわそうとしていたわたしも、重心の移動を止めた。

(……何だ⁉)

正面で銃を構えていた兵も含め、四人はわたしを襲うのを止めただけでなく、わたしの背中の方へ向き直ると直立不動で敬礼した。

「▲※！」

「▲※！」

「▲！」

言葉は分からない。しかし「何をしている止めろ」ととがめられ、慌ててそれに従った――そんな感じか。

「⁉」

振り向くと。

誰かいる。

五十代だろうか、緑の軍服を着た恰幅のいい高級将校と、その両脇に何人かの士官――みな三十代だろうか、控えるように立ち並んでいる。鋭い声で兵を制止したのはその中の一人か。

(――大佐か)

真ん中の将校の階級章を読む。身体が勝手に敬礼しそうになるのを、今度は意志の力で止めた。

いけない、今のわたしは民間エアラインの客室乗務員だ。

唾を呑み込み、制服のスカートの両横をつまむとお辞儀した。
一応、助けてくれた部隊の、大佐ならば司令官だろう。礼はしておこう。
だが
「フランス語が出来るそうだな」
うっそりした声で話しかけられ、わたしは驚いて顔を上げる。
フランス語だ。

「報告を受けた。フランス語の出来る客室乗務員というのは君かね？」

医療テントの通路の中央に立つ、大佐の階級章をつけた将校。

特徴的なのは針のような細い眼に、頬に一筋の傷。そして首にだらりとかけた、長さ二メートルはあるかという真っ白い毛皮のマフラーだ。軍服の上に、室内でも白いマフラーをしているのだ。

「ウィ」

はい、とわたしもフランス語で答える。

顔色の変化を見られないよう、またお辞儀した。

やばい、けっこう流暢だぞ、この親父――

恰幅の良い大佐は「うむ」とうなずく。

「マドモアゼル。私は、人民解放軍成都軍区・第四〇軍第一空挺大隊司令官の馬鉢栄だ。党の特命を受け、この前進基地を緊急設営し指揮をとっている」

「――グ、グエン・フォー・ミンです」

わたしはとっさに、前に交換親善武官として来日したベトナム空軍女性士官の名を思い出し、口にした。

「ですが、ベラとお呼びください」

「そうか、ベラ。たった今はうちの兵どもが失礼をしたようだな。わびよう」

馬鉢栄大佐、と言ったか。五十代の司令官が針のような細い眼をチラ、と横へやる。すると。

その意図を汲み取ったかのように、左横に立っていた三十代の士官――参謀か副官かが磨かれた軍長靴で踏み出した。わたしの横を通り過ぎ、直立不動で並んでいる四名の兵に向けてやおら黒い指揮棒のようなものを振り上げた。

「★▼！」

叫ぶと、棒を振り下ろした。

バキッ
ガキッ
バキキッ

骨が砕けるような音がした。

（な、何をするんだ……⁉）

ぎゃぁあっ、ぎゃぁあっと悲鳴が上がる。それでも士官は容赦なく、若い兵隊四名の顔へ木製の指揮棒を振るった。倒れると蹴飛ばしてまた立ち上がらせ、また棒で殴った。

ぐぎゃぁあっ

わたしは見ていて、顔から血の気が引く。

「どうだね、マドモアゼル・ベラ。このくらい痛めつけたら、さっきの非礼の程は許して頂けるかね？」

「——も、もう止めて下さい」

「うむ」

馬大佐がうなずくと。

三十代の士官は殴るのを止めた。革手袋で指揮棒を握り、カツ、カツ、カツと戻って行く。

戻り際にわたしの顔を横目で見て「フッ」と鼻を鳴らした。

わたしの足下には、顔を真っ赤に染め、目鼻の造作も分からなくなった兵が四人、ひーっ、ひーっと泣き声を上げながら俯せに倒れている。

（……）

「最近の若い者は困る。客人への礼儀もなっていない。許しておくれよマドモアゼル・ベラ——ええとそちらは」

「ルイザです。わたしの友達」

わたしは、ベッドの一つの前で固まっている感じのルイザを目で指した。

ルイザはわたし同様、今の仕打ちに声も出ないようだ。

今のは。

（ひょっとして、わたしたちを脅かすためにやったのか……？）

だが考える暇もなく

「ではベラ、ルイザ。君たち二人は、マグニフィセント航空八〇七便の遭難の様子を証言出来る貴重な生存者であり、わが大隊の大切な客人だ。浴室付きの個室を用意させよう。まずは休むがいい」

馬大佐は右手の指を一本上げる。

すると、両脇から士官が一人ずつ進み出て、わたしとルイザの前へ来た。

わたしの前に立ったのは、あの黒い手袋の士官だ。後ろには銃を背にした兵が二名、つき従っている。

「お部屋へご案内しましょう。マドモアゼル」

低い声で言った。


「――」

とりあえず、このまま従うしかないか。

わたしは革手袋の士官に案内されるまま、歩き出そうとしたが。

背中で、手を振り払うような気配がした。

「やめて、ちょっと待って」

ルイザが英語で、士官に何か抗議する。

ちょうど外のヘリポートから一隊の兵が入って来て、ベッドに寝かされた子供たちとルイザの同僚ベティを担架に載せ、運び出そうとする。

「やめて、売り飛ばそうって言うのっ⁉」

「誤解だよ、ミス・ルイザ」

馬大佐が肩をすくめる。

「ここの医療テントでは満足な治療が出来ない。麓《ふもと》の大病院へ、急いでヘリで運ぶだけだ。君の友達もきっとよくなる」

「嘘っ」

ルイザはベティ――意識不明の同僚のベッドにしがみつくようにして、運ばせまいとする。

だがそこへ背中に赤十字マークをつけた衛生兵が駆け寄ると、ルイザの二の腕を無理やり掴みとって何か注射した。

プシュッ
「ぐ」

「彼女は疲れているようだな」

その様子を見ながら、馬大佐は手をぱん、ぱんと叩いた。

「運んでやれ」

鎮静剤でも打たれたのか、意識をなくしたルイザは担架に載せられる。

(大丈夫か……？)

わたしは思わず、その顔を見に寄ろうとするが
「マドモアゼル、特別治療室へ運んで行き点滴を打ちます。お任せを」

子供を診ていた白衣の医師が割って入り、「来るな」と言うように手で制する。

「でも」

「あなた様は盆地の泥に汚れていらっしゃる、この女性は足にも怪我をしているようだ、万一の感染が起きたら危険です」

「……」

心配だが……。

「マドモアゼル・ベラ。こちらへ」

黒手袋の士官が促した。


一分後。

医療テントを出た。

透明なビニールを張ったチューブ状の仮設通路が、隣の大テントへ伸びている。

振り仰ぐと夜空が見える。

「何日、下にいた」

黒手袋の男が訊く。長身で彫りが深い。まるでアメリカ映画に登場する中国人（それも酷薄な悪役の）だ。話すとき「フッ」と鼻を鳴らす癖がある。

「――三日よ」

注意深く答える。

フランス系ベトナム人、とルイザが機転をきかせてわたしの『キャラ設定』をしてくれたが、わたしはベトナム語が出来ない。この士官がふいにベトナム語で話しかけて来たりしたら、アウトだ。

だが、わたしを疑って引っかけるような気は、今のところなさそうだ。

「そうか、我々もだ」

歩きながら、フランス語で会話して来る。

「急な命令でここへ来た。基地を設営して、待っている」

「何を……？」

「下の霧が晴れるのをだ」

「わたしたちを救助するため？」

「それもあった」

フッ、と黒手袋の男は鼻を鳴らした。

「太子党のガキどもを救い出せば報奨が出るはずだったが――」

「――？」

「マドモアゼル・ベラ。我々人民解放軍は、君たちの世界の言葉で言えば、それぞれの大隊が〈企業〉のようなものだ。全員で三日もこんな山の中へ来させられ、今月のシノギのノルマがきつい」

「？」

「このままでは西部地区政治委員へ上納する金も足りなくなる。何としてでも、今回のブツの引き揚げを成功させなくてはならない」

「ブツ……?」

「少々、面倒なのだよ」

士官は黒手袋で、通路の天井を指した。

「あれが見えるか」


黒手袋が指し示す。

透明なビニールに覆われた通路の頭上だ。

通路が繋がる大型テントの、さらに向こう——テントの天蓋の上に頭を出して、巨大な何かのシルエットがある。照明が当たっていないので黒い影だ。

(——甲冑《かっちゅう》……の頭?)

何だ。

まさか。

「ベラ」

黒手袋は、立ち止まると言った。

「君は、すでに我々の機密をたくさん見た」

「……え？」

「生き残りたければ、我々に協力することだ」

「どういうことです」

「すぐに分かる」

男はまた歩き出す。


大型テントは前線司令部のようだった。

医療テントよりも薄暗く、人民解放軍の士官や下士官が立ち働いている。簡易レーダーを設置しているのか、管制卓がいくつもあって、オペレーターがヘッドセットをつけ着席している。一方の壁には巨大な地図。

黒手袋の士官に先導され、その内部を通り抜けた。

ちらと横目で見る。地図は二枚掲げられている。一方は雲南省を中心とする中国大陸の南西部。もう一方は――

（何だろう、大陸のどこかの地方の拡大図か……？）

一見して、どこの地形なのか分からない。巨大な内海を取り囲むような地図だ。縮尺は違うのだろうか。

ＭＩＬ‐ＳＯＲＴＩＥＡ

（なんて読むんだ……？）

背後に銃を持った兵が続いている。立ち止まって眺めるわけにもいかない。

ざわざわとざわめく司令部テントをたちまち抜ける。

黒手袋が外向きに扉を開く。

「……⁉」


わたしは足が止まった。

空気が冷たい。

外の空間だ。照明灯は無い。万年雪で底がほの白い、暗闇――

何かある。

これは。

巨大な物体がある。黒い長大な流線型が、わたしの目の前に横たわっている。

（……潜水艦？）

思わず、潜水艦を連想した。黒いのっぺりした巨大な流線型――サイズも、攻撃型の潜水艦くらいだ。ただ司令塔のような上部構造は無く、平たく潰れたような流線型だ。

だいたい、こんな山の上に潜水艦がいるはずは……。

「ベラ」

黒手袋の士官が、振り向いて告げた。

「あの中に君の居室を用意した。来たまえ」

第Ⅲ章　異世界の男

1

「来たまえ」

黒手袋の士官は促した。

わたしは、目の前の暗闇に横たわる巨大な流線型から目が離せない。

潜水艦のような――

そして巨大な流線型の向こうに、甲冑の頭部のようなものが見えている。

「……あれは」

「今に分かる」

黒手袋の士官は引き返して来ると、手を伸ばし、わたしの顎に指をかけようとした。

その手を、反射的につかみ取った。

睨みつける。

「いい反射神経だ。剣を習えば名手になる」

「協力って、何」

「一つ教えてやろう。君はすでに死んだことになっている。党中央からの指示は『太子党の十一名を除いて八〇七便の乗員・乗客はすべて処分せよ』だ。だがわが大隊は

〈企業〉だから、利用出来るものは利用する」

「……？」

わけが分からず、わたしは睨み返した。

同時に男の肩越しに、甲冑の頭部をちらと検分した。あれは――肉眼では初めて見る、巨大なヒト型の頭部だ……でもバケツを逆さにしたような形ではない。ウイグル自治区の動画に出てきたやつとは違う……？

「何を――させようと」

「フフ」

士官は頬を歪めて笑う。

「気丈で、賢く、美しい。あの方の好みだ」

「？」

「いいか」

士官はわたしの手をほどくと、その黒手袋で流線型を指す。

「生き残りたければ、あの方の寵愛《ちょうあい》を受けることだ。言葉は心配ない、我々の世界のフランス語がほぼそのまま通じる。方言程度の違いだ」

「え？」

それだけ言うと、士官は先に立って白い地面をザク、ザクと行く。

黒い流線型の横腹に、簡易テントがくっつくように張られ、歩哨が立っている。

士官が行くと敬礼で迎えた。

入口の警備詰め所なのか。簡易テントから下士官が出て来ると、同じように敬礼した。何か言い交わすが、北京語だ。聞き取れない。

それでも耳を澄まそうとすると
ボトボトボトッ
ふいに上空にローター音が覆い被さり、大型ヘリが頭上を通過した。二機。

（ミル24……？）

盆地へ降りていたヘリが、帰投して来たのか。そろそろ燃料も切れる頃合いだ。二機は大型テントの向こう、ヘリポートへ向かう様子だ。

「★△！」

後ろの兵に銃口で促され、仕方なく進む。

テントをめくると。黒い金属の曲面がある。その横腹がドアの形に切れて手前へ開き、地面へ乗降ランプが伸ばされている。まるで輸送機の乗降口のようだ。

ステップに足をかけ、上った。

つん、と鼻をつく匂い。

香を焚いている……？

(何だ、この匂い)

最初にわたしを戸惑わせたのは空気の匂いだった。

油臭い乗物の中のような空間を予測していたが——

いや、空間はまるで潜水艦の中か、窓のない航空機だ。狭い通路。しかし紫色の淡い光に満たされ、宗教施設のように香が焚かれ、静まり返っている。

「？」

通路の先で、出迎えるように立つ人影がある。白っぽい影。

女性か……？　白い衣。裾が長い。

白人のようだ。

黒手袋の士官が歩み寄る。

「今、予備が届いた」

「——」

白い衣の女がうなずいた。

(……この人は)

その姿は、宗教家か、あるいは医師を連想させた。姿勢がよく、頭を白頭巾で覆い、顔も下半分を白い布で隠している。鋭い蒼い目だけがのぞく。高齢のようだ。

「卿は？」

「さきの戦闘の後で」

女性が口を開く。しわがれた低い声。

「培養期を迎えられ、卵に入られた。間もなくお目覚めになろう」


フランス語……？

仏語といえば仏語だが。微妙に違うと言えば違う……。

「二十八日おきに卵に入るというのも、不便だな」

「真貴族への道のり。今はやむを得ぬ」

ささやくような会話だ。

空気が静かなので、聞き取れる。

聞き取れるが、話の内容はよく分からない。卵……？　そう言ったのか。

「前の女は」

「オトワグロ家の姉弟を倒された後、興奮され、食ってしまわれた」

「何。では」

「すぐ支度させねばならぬ。卿がお目覚めになる前に」

女は言うと、鋭い目でわたしを見た。

「沐浴房が用意出来ている。こちらへ」

すっ、と左右に立つ気配に横を見ると。

白装束の人影が二つ、わたしの両横にいる。どこから現れた……？

「――」

細身の男――いや女なのか。白頭巾と白布で顔を覆っているのは同じ。驚くのは、その腰に長さ五〇センチほどの細い剣（ナイフよりは大きい、小型の剣なのだろう）を吊しているのだ。片方が無言のままスッ、と右手を上げ、通路の前方を指す。

その手を、舞踊家の動きのように感じた。優雅で無駄がない。

通路を行け、というのか。

「こちらへ」

白頭巾の女性が促し、先に立って歩き始めた。


一分後。

わたしはシャワー（正確に言うと熱い霧の噴き出し）を浴びていた。

通路を何度か折れ、奥まったつき当たりの扉（潜水艦のような円型ハンドルのある気密扉だ）を開くと、中は脱衣所とシャワー・コンパートメントになっていた。

やはり、船の中なのか……？

通路を案内される間、周囲を目で点検して思った。

高山の頂に引っかかっている船……。

そして『あの方』って何だ。わたしをどうしようっていうんだ……？

立ち止まろうとしても、両横を固めている舞踊家のような二人が『歩け』と促す。

片方がわたしの顔の前でヒュッ、と手を動かすと、宙で捕まえた羽虫を指でつまんで示した。ゆっくりと擂り潰して見せる。

「わかった、歩く」

通路は狭く、逃げ出そうとしたところで万年雪の山の中だ。

唇を噛み、歩を進めていると浴室へついてしまった。

「続きの扉を開けると、居室になっている」

白頭巾の女性が、脱衣所の奥の扉を指す。

「衣服は、そこへ用意しておく。くまなく洗うよう」

これからどうする――？

シャワーの使い方は独特だが、分かった。服を脱いでコンパートメントに入り、壁の栓を回すと、三方の壁と天井から真っ白い熱いミストが噴き出す。湿式サウナの強いやつのようだった。とりあえず汗と泥だらけだった身体はきれいになる。

ルイザは大丈夫か。子供たちと意識不明のベティは病院へ運んでもらえたのか？

熱気を浴びながらわたしは考えた。

さっき頭上を通過したヘリに乗って、あの戦闘員を指揮するリーダーも戻ったのだろうか。何とかして携帯を取り戻し、下のF35の機体を爆破出来ないか。

そして――

（表に置かれているヒト型の機体……。何とかして、そばで見られないか）

下の盆地でHMDの視界ごしに見た機体と、外にあるヒト型は頭部の形状が違う。甲冑、と表現すれば同じだが……。盆地の底で擱座していた機体はスマートで、頭部も人間が被る鎧のヘルメットのようだった。ところが表のやつ――あれは〈剣〉でエアバスを両断した『焦げ茶のやつ』なのだろうか、その頭部はまるでゴキブリの頭のようだ。

シャワーのミストはやがて洗浄剤らしい泡混じりになり、それがすすがれると今度は熱風が出た。どこのメーカーの製品だろう、コンパートメントのどこにも製造会社の商標のようなものはない。

すっかり肌が乾くと、熱風は自動的に止まる。考えごとをしながらシャワーを浴びたのは五分間くらいだろうか。透明な樹脂のドアを開けてコンパートメントを出る。

「……ない？」

籠の上に脱いでおいたチャイナドレスの制服、そして飛行服のインナーとして身につけていた伸縮素材のボディースーツと黒のタイツが消えている。

運び去られたか。

（気づかなかった）

唇を噛む。

衣服は用意する、という白頭巾の女性の言葉を思い出した。脱衣所の奥にもう一つ、扉がある。気密扉ではない、普通の装飾ノブがついた木製の化粧扉だ。

カチリ
古い金属のノブを握って回すと、重たい扉は向こう側へ開く。

また香の匂い。

薄明るい空間があった。ホテルのツインルームを二つ繋げたくらいの大きさ。そして
（寝台か……）

目を見開いたのは、大型の天蓋つき寝台。そして光る繊維で編まれた夜具の上に、

服が畳まれて置かれている。

裸足で絨緞を踏み、寝台へ小走りに寄ると、畳まれた服を取った。

「……同じ？」

さっき脱いだばかりのわたしの服一揃いが、ただ畳まれて置かれているのだ。

いや。

「きれいに……なってる⁉」


わたしは、すっ裸のまま、ワンピースのチャイナドレスを両手で持つと顔に近づけて匂いをかいだ。石けんのような匂いがして、泥まみれに汚れていたのがすっかりきれいになっている。下着類もだ。洗ったようにきれいで（実際洗ったのだろうが）、しかも完全に乾燥しているのだ。信じられない、ローヒールのパンプスもぴかぴかに磨かれている。

「どういうこと？　五分くらいしか」

はっ、と我に返り、とにかく衣服を身につけることにした。

「こんな洗濯技術を開発したら、防大の寮で大人気に……」

つぶやきながら背中のファスナーを引っ張り上げ、見回すと。居室の一方の壁には円型の小さな窓がある。

窓だ。

ＣＡの制靴のローヒールをつっかけ、走り寄る。

（……！）

外が見える。

2

窓の外に見えたもの。

それは『駐機場』だった。

「……！」

巨大な黒い――おそらく昼間に見ると褐色なのか――ヒト型のシルエットが、片膝をつく姿勢でうずくまるように止まっている。その大きさと量感は……。わたしが膝を折って身体を低くしないと、窓のフレームからてっぺんが見えない。まるで鎌倉の大仏を間近に立って見上げる感じか。

（これは）

だが全体のフォルムはヒトというより、昆虫を想わせる。まるでゴキブリの頭を持つ甲冑――腕も二本、脚も二本だが、背中には翅を畳んだゴキブリのような甲羅を背負っている。

そのシルエットの周囲から、梯子、作業用クレーンとおぼしき機材が取りつく。機体表面に無数につけられた点検確認用タグのようなものが、夜風にひらひらと舞う。

「……これは」

思わずつぶやくと。

背後に気配がした。

誰かが立った。

はっ、として振り向く。


「アグゾロトルだ。私の乗機だよ」

「……⁉」

「美しいだろう」

低い声。

おごそかな、と表現してもおかしくないか。

それよりも
（いつ、入って来た……？）

わたしは目を見開く。

　そのシルエット――すぐ後ろに立たれるまで分からなかった。長身を黒いビロードのマントのようなもので包み、まるで蝙蝠が一羽、そこに舞い降りたかのようだ。この男は……。

　濡れたような銀髪（実際、濡れていた）。鋭い蒼い目がわたしを見下ろしている。年齢は――一見して分からない。

「……」

　息を呑んで見返すと、香料の匂いがする。風呂に入った直後か？

「私はズーイ・デシャンタル男爵。準真貴族だ」

　男は口を開く。

（……？）

　何と言った……？

「そなたの名は」

　蒼い目が見下ろす。

「名を聞こう」

「――べ」

　だがわたしが口を開くか開かないうち

スッ
顎の下に、男の指があった。

ざらっとした感触。その人差し指でわたしの顎を持ちあげるようにした。

(何だこの男)

手の動きが見えなかった。

「ぬ」

だが男も、同時に驚いた声を出す。

「おう――そなたまさか、機体を脱出し服を取り替えて逃げたか」

「……えっ⁉」

「ク、まさかな」

男は目を伏せ、頭を振る。

「アヌーク姫は私の目の前で自害した。死ねば食われない、と――他人の空似だ」

「……?」

何を言っているんだ。

驚いて見上げるわたしに(男は一九〇センチくらいあって、完全に見上げる形だ)、

「それにしても」

つぶやきながらもう一方の手を伸ばす。

頬に触れようとした指を今度は掴み取った。

「ぬ⁉」

「気安く触らないで」

ざらっとした感触。何だ、この男の指は——そう思った瞬間、掴み取った手に鋭い痛みが走った。

「あっ」

小さく、悲鳴を上げてしまう。

剃刀のようなもので手を切られた……⁉　思わず手を引っ込める。だが剃刀ではない、男の長い指の爪を目にして、わたしは目を見開く。

（何だ、この爪は）

毛むくじゃらの手に鋭い鈎《かぎ》のような爪。人間の手か……⁉

驚く私に

「クク」

男は小さく笑うと、わたしの左の手のひらを切った爪を、口に運んだ。

はっ、として手のひらを見ると、切り口から血が出ている。

ぺろっ

男の唇から赤い舌が出て、爪についた血液を嘗めた。

「おう――」

ズーイ・デシャンタルと名乗ったか。

長身の白人の男は、驚きの吐息（わたしにはそう見えた）を漏らした。

「この味は。生娘《きむすめ》か」

「えっ」

わたしは反射的に後ずさり、周囲を目で探った。

何か、襲われたとき反撃する武器は……⁉

男の長身の向こう、寝台の枕側の壁に西洋の剣（美術館で見るようなやつ）が何本か、留め具で横向きに掛けてある。武士が床の間に刀を置くようなものか……？　鞘に収められ、握り手が鈍く光る。だがそれを見た瞬間
シュッ
ストッ
衣擦れのような音がして、白い影が二つ、寝台の前の床に跳び下りた。

（さっきの白装束……）

あの二人だ。どこに潜んでいた⁉　天井……？　まるで時代映画で主君の横に出現する忍者だ。片膝をつき、頭巾と覆面の隙間の赤い目がわたしを見る。

「う」

しかし
「無粋だぞ。下がっておれ」

男の低い声が命じると、二つの影は一礼し、扉の向こうへ下がる。

「……」

「クク」

男はわたしを見下ろし、唇の端を広げる。牙のような二本の犬歯が剥き出しになる。

「気の強さまで、アヌーク姫によく似た女。そなたは面白い。少しずつ生き血を吸い、楽しむとしよう」

「えっ」

「私のコレクションを見せよう」

窓際の壁を背にしたわたしに、男は覆いかぶさるようにずい、と一歩迫った。同時にマントから毛むくじゃらの腕を伸ばし、爪をパチンと鳴らす。

ばさばさっ
一方の壁を覆っていたワインレッドの緞帳が崩れおちるように開き、壁一杯に何かを陳列する棚が現れる。何段にも、ずらりと並ぶ。

（……何だ）

ガラスの円筒のような容器に透明な液体が満たされ、何か円い物が浮いている。暗くてよく見えない。部屋の空間を満たす香の匂いとは別の刺激臭。

パチ

ズーイ・デシャンタルが再び爪を鳴らすと。

紫の照明が、下から棚を照らし出した。

ずらりと並ぶガラスの円筒。光って浮き上がる。

「きゃぁあっ」

それを見た瞬間、わたしは悲鳴を上げた。

思わず後ずさる。窓のある壁に背中が当たる。

(な、生――)

生首……⁉　嘘っ。

だが

「ククク」

口を両手で覆い、目を見開くわたしを男は面白そうに見た。

「どうだね美しいだろう、クク」

「……」

絶句していると。

男はバササッ、とマントを翻して壁を指した。

「すべてこの〈青界〉へ来てから、私がたいらげた女たちだ。人民解放軍の連中が『臓器だけは下さい』などと言うが。何、一番美味いところを誰がくれてやるかね」

「……」

「私は目覚めたばかりでね。真貴族は揺籃器《ようらんき》から出た直後、食欲と肉欲が増す。最近それが実感出来るようになって来たよ」

クク、と男の喉が鳴り、マントから出た右手の人差し指——まるで獣の前肢のように毛むくじゃらの——がわたしのチャイナドレスの胸元に伸びた。

その人差し指の剃刀のような爪の尖端が、胸の生地に触れる。

「ひっ」

のけぞるしかない。

く、くそっ……。

目で左右を探る。

この怪物のような白人、何者だ。わたしをどうしようと——

「アヌーク姫よ。人間の身体はどこが美味いと思う？　クク」

呼吸で上下するわたしの胸に、爪の尖端が食い込む。

プツッ

そのまま爪はチーッ、とドレスの胸を縦に裂こうとする。

わたしは反射的に、その手首を掴み取った。

「やめてっ」

「クク」

男はもう片方の手で、わたしの頭をわしづかみにしようとした。

反射的に身体が動いた。わたしは壁に背をつけたまま体を沈め、同時に右脚を思い切り蹴り上げた。考える暇もない、とにかく目の前を思い切り蹴った。

ガツッ

「ふぐっ」

痛っ、固い。まるでコンクリートを蹴ったみたいだ……！　だが悪態をつく暇もない、わたしは横向きに跳んで男の前から逃れようとした。だが

ぐわしっ

宙へ跳んだ瞬間、背中を何かに掴まれた。

（……嘘っ⁉）

ぐふぅっ、と唸るような息とともにわたしは反対側へ放り投げられた。部屋が回転

する――どうしようもない、放物線を描き、大型ベッドの上に落下した。

「きゃっ」

どさっ
バウンドする身体を、すかさず左右から何者かの手が押さえた。

「⁉」

あの二人だ。いつの間にかまた姿を現し、わたしの身体がベッドの上で跳ねると同時に左右から押さえ込んだのだ。たちまち仰向けにさせられる。

「何するの、放せっ」

思わず日本語で叫んでいた。

「それはアール人の言葉かね、姫」

男は興奮したせいか、目の前のわたしを別の誰かと混同しているようだ。いや、同一視して愉しんでいるのか……？

バサッ
斜めの視界で、男の長身が近づいて来る。その手がマントを掴み、はね除けるように脱ぎ捨てる。

（……！）

目を見開く。紫の淡い照明の下、黒光りする裸体が現れた。マントの下は全裸だった。剛毛に覆われ、山脈のような腹筋が割れている。そして下腹部から真っ黒い大根のような物体がそり返るように生えている。

「へ、変態」

もがいて逃れようとするが、左右の白装束が固め技のように、わたしの両腕を押さえ込んで放さない。身動きが、取れない……！

ぐふっ、と獣のような息を吐くと。男はいったん立ち止まって壁に掛けられた大型の姿見に顔を向けた。己の姿を見やって、首を大きく回すと両腕を上げ、腰をひねってポーズを作った。唇から牙のような犬歯を剥き出し、うっとりとした表情で見入った。

「ウゥウ、美しい。ウゥ」

その姿を見やって、息が止まった。

足が――人間じゃない……。


「暴れるでない」

覆面越しのぼそっとした声で、白装束の片方が言った。

「そなたは気にいられた。卿を喜ばせれば、一度で食われはせぬ」

「その通り、おとなしくせよ」

もう片方も言った。

「暴れると身体が上下し、爪が心臓に食い込む」

「な、何言ってるのよ放してっ」

だが左右の白装束は慣れた素早い手つきで、わたしのそれぞれの手首に革製の輪をはめた。プチ、プチと留め具を掛け、ロープで引っ張ってベッドの上に固定した。

（う、動けない……！）


ど、どうなるんだ……⁉

わたしは無理に視線を下げ、仰向けにされた姿勢から部屋の中央でポーズを取る長身のシルエットを見やった。

まるでマントを脱ぎ捨てた瞬間から、人間であることをやめたように見えた。

ぐるるっ、とその喉が鳴る。

「――やはり肉欲の前に、食欲を満たすとしよう」

さらに一段低くなった声で、首を回しながら怪物のような男は言った。

「生肉を持て」

白装束の二人が、了解したように下がる。

すぐにカチャカチャッと金属音がして、居室の扉が開かれ、車輪付きストレッチャーが押されて入って来た。外の通路で待機でもしていたのか。

病人や怪我人を載せて運ぶための台車を押すのは、マスクをした白衣の人影——さっき医療テントにいた医師だ。もう一人は衛生兵。

「デシャンタル卿には、ご機嫌も麗《うるわ》しく」

医師は台車を止めると、威儀を正して一礼した。

「ただ今、準備いたします」

何だ……？

わたしは無理やり仰向けにされていたから、視線を下げないと様子が見えない。顎を引き、運ばれて来た台車を苦労して見やると。

（……⁉）

その瞬間、息を呑んだ。

ルイザ……⁉

まさか。

銀色に光る台車に、載せられていたもの——

紫の間接照明にぬめりと光るのは、女性の裸身だった。

動かない。

マスクをした中国人医師は、浅黒く日灼けした裸身の両足首を掴むと、無造作に革製の輪のような物を嵌めた。棒状の器具で、慣れた手つきで天井に取りつけられた金属の輪にロープを通し、衛生兵に手伝わせてたちまち光る裸身を逆さ吊りにした。

ギキキッ
ぶらん、ぶらんと室内の宙に揺れるのは、見間違いようもない。まとめていた長い髪が解かれ、垂れ下がってはいるが――

「――ルイザっ！」

わたしは叫んだ。

だが逆さに吊されたアジア系の女は、目を開けない。

何が起きている。

「どうぞ、お召し上がりを」

「絨緞が汚れる、マットを敷け」

「これは、失念しておりました」

医師が衛生兵を急かし、絨緞の上に黒いマットを広げさせる。

その上でルイザの裸身が逆さに揺れ続ける。何も身につけていない、下着の跡だけが白い。身体の表面が妙にてかてか光るのは、油でも塗られているのか。きつい香の匂い。

「ルイザっ！」

叫ぶと、医師はせかせかした足取りでやって来て、わたしの頬をパチッと叩いた。

「騒ぐでない、卿がお食べになる。そこでとくと拝見――」

医師が言い終わらぬうち

ピシャッ

生温かい液体が飛んで来ると、たっぷりコップ一杯分もの量がわたしの顔に降りかかった。むせる。何だこれ――

顔を無理して向けると。

医師の身体に半分隠れ、逆さに吊されたルイザの褐色の脇腹に怪物のような男がかぶりついていた。その〈牙〉が脇腹の肉をまるごと食いちぎり、頭を振ると赤黒い長いものが引きずり出されてズルルッ、と宙に舞った。

「うっ！」

わたしは、ベッドに拘束されたままのけぞるしかない。

「おぉ、男爵は今夜も食欲旺盛であられる」

医師の白衣も半分くらい、赤黒く染まっている。

いったい、何が起きている。何をしているんだ、こいつらは……⁉

「ル、ルイザ……」

ルイザは何をされたんだ、眠らされて――

食われた……⁉

3

目の前の光景が信じられない。

だが、獣人のような『男爵』に牙でかぶりつかれ脇腹を食いちぎられ腸（腸なんだろう、あれは）を引きずり出され食われているのは、ついさっきわたしを助けてくれたルイザだった。

「――」

声が、出ない。

この光景は現実か……⁉

いや、目を覚ましたらわたしは、母艦〈ひゅうが〉の個室で寝台に仰向けになっているのではないのか。出撃前の仮眠中で……。

しかし
「血が甘くない」

ずるるっ、と食いちぎった腸をすすり込んで呑み込み、低い声が言う。

「美味くない」

片方の脇腹をえぐられ、激しく赤黒い液体を噴出する肉体から顔を上げ、『男爵』――ズーイ・デシャンタルと名乗る男はこちらを見た。

「……ひっ」

わたしはのけぞる。

その形相――まるで赤黒い液体でパックをしているみたいだ。

香を焚かれた空気に混じる強い血の匂い……これは夢ではないのか。

血を噴き出すルイザの身体をぶらん、と放り出し、獣人のような男（いや身体の構造が末端部分ですでに人間でない）はこちらへ近づいて来た。

男爵……？

準真貴族と言った……!?　何の意味だ。

いったいこいつは何物だ。

「こ、来ないで。来るなっ」

両腕はベッドの上で拘束されているが、下半身は動く。身をよじろうとするが、白装束二人がやって来てすかさずわたしの両足首をつかまえ、脚を無理やり開かせる。

チャイナドレスのスリットいっぱいに開かされる。

「や、やめろこらっ！」

「む？」

ベッドの横で医師が不審そうな顔を出す。

「日本語？　お前は日本人か」

フランス語なんて頭から吹っ飛んでいた。わたしはいつの間にか日本語で怒鳴って
いたのだった。

そこへ
「き、生娘の血」

天井につかえるほどの長身が、覆い被さって来る。

強い香の匂いと血の匂い。

獣人のような男は生温かい息を吐き「どけ」と白装束を促し、わたしの脚の方から
ベッドへ上がる。

「吸いながらやる」

覆い被さる。

「きゃあっ、来るな！」

パンプスで蹴ろうとするが、左右のすねをぐいとつかまれた。物凄い力。

「きゃっ」

わたしはのけぞるしかない。

赤黒い顔が、すぐ真上に迫り、その口が信じられない大きさに広がって乳白色の〈牙〉が唾液を垂らしながらハァアッ、と剥き出された。

わたしはその牙を睨みつけた。

（く、くそっ）

やられる……！


だが歯を食い縛ったその時。

バシッ
顔のすぐ上で、蒼白い閃光が瞬いた。

一瞬、視野が真っ白になり、のしかかる気配が消える。

（な）

何だ。

「が、がふぉおおっ！」

獣人の巨体がわたしの上でのけぞり、その両手で頭の上に被さった何かを振り払おうとしている。だがそこへもう一度閃光。

バシシッ
「ぐぎゃぁあっ」

白煙を上げながら獣人が仰向けに倒れていく。その顔に被さるように張り付いているのは――

(――猫……!?)

わたしは目を見開く。

何だ。

小さな黒い猫だ。猫が獣人の顔に四肢でしがみついている……!?　獣人はそれを振り払えず、逆に血まみれの面相を黒焦げにして向こう側へ倒れていく。

ビュッ
猫はその獣人の頭を蹴り跳躍。白装束の片方が「ウッ」と声を上げ腰の剣を抜いて振り払うが、空振りする。猫は逆に飛びかかると、その白装束の顔に四肢で張り付いた。

閃光。

バシッ
「ぐぎゃ」

顔に巻いた布から煙を上げ、白装束も仰向けに倒れる。

何だ、何を……⁉

驚く暇もなく、黒い毛の塊は跳ね飛んで来ると、ベッドに仰向けに拘束されたわたしの右手首に噛み付いた。いや、手首を拘束している革の手錠の留め具を噛み、器用に外してしまった。

パチッ

「剣を取れ」

「えっ」

わたしは目を見開く。

（ね、猫がしゃべった……⁉）

だが

「……！」

驚いている暇なんかない、白装束のもう片方が腰の剣を抜き、ベッドの上の黒猫を真上から突こうと振り上げる。

そのモーションを目にし、身体が反射的に動いた。

左手首には革手錠が嵌まっていたが右手は動く。シーツを蹴るようにして思い切り手を伸ばし、枕の後ろの壁に掛けられた長剣の一本を掴み取ると、前方へ振った。

ガキンッ

わたしの手は鞘の真ん中あたりを握っていたが、剣の握り手と白装束の中剣が宙でかち合った。「ウォ⁉」という驚きの声。

すかさず猫が飛びかかる。

バシシッ

閃光とともに白装束は吹っ飛ぶように倒れる。

「くっ」

わたしは自由な右手で左手首の革手錠を外す。

「★×▽×！」

衛生兵が腰の拳銃を抜き、わたしに向かって何か叫ぶが

シュッ

猫が飛びかかっていくと「アイゴー」と叫び、銃を放り出して逃げた。

「くそ」

顔をしかめ、身を起こす。

素早く視線を走らせるが、室内の空間にはもう立っている者はない。マスクの医師は姿を消していた。どさくさに紛れ、逃げ去ったか。

まずい、応援を呼ばれる……。

あちこちが痛むが、こらえてベッドを降りる。

「う」

眩暈がする。

どしん、ばたんっ、と床が振動している。

「ぐふぉおっ」

はっ、として見ると、倒れてのたうっていた獣人が頭を振り、唸りを上げながら起き上がろうとする。

「私の放電容量では殺せない」

シュッ、と猫がわたしの足下へ跳んで来ると、言った（いや正確にはわたしの頭の中に直接〈声〉がするのだ）。

「騎士よ、剣で心臓を突け。真貴族を殺すにはそれしか」

「ぐふぉっ」

黒ずんだ巨体は一挙動で跳ね起きた。ずしんっ、と地響き。焼けただれた面相が血走った目でわたしを睨み、牙を剥き出して襲いかかって来る。

「きゃあっ」

鈎のような十本の爪が頭上からわたしの頭を掴もうとする。来る……！　鞘を抜くのが精一杯だ、わたしは右手で抜き取った長剣を獣人の腹に向けた。襲いかかる勢いで勝手に突き刺さった。

ズブリ

嫌な手応え。

「がふぉおっ」

なおものしかかって来る――！　わたしはただ両手で剣を前に向け、保持しているしか出来ない。それでも巨体の重みと慣性で剣の切っ先は獣人の腹部を突き破って、向こう側へ突き抜けた。

「はっ」

同時に体を低く。毛むくじゃらの二本の腕がブンッ、と髪の毛をかすめ空振りする。

「ぐがぉっ」

巨体は頭上を通り過ぎ、そのまま跳び込み前転のようにわたしの背後の床へ頭から落下した。ずずんっ、とまた地響き。

「今だ。逃げるぞ」

猫が『言った』。

「騎士よ、続け」

「えっ」

今わたしのことを、何と……？

だが聞き返す暇もない、猫は「続け」と告げると跳躍し、逆さに吊られたルイザの遺骸を伝ってロープを登り、天井に開いた四角い穴へ跳び込んだ。

（穴……？）

見ると通気孔のような四角い開口部が開いている。

さっき白装束が跳び降りて来たのは、あそこか。

猫もそこから跳び込んで来たのかも知れない。

「でも、続け――って」

わたしは我に返り、吊されたルイザを見る。

（……）

こんな……。

だが

「ぐふぉおおぉ」

背後で、唸り声がする。

何かがゆっくりと身をもたげる気配。

背中がぞくっ、とした。

まだ生きてる……⁉

そこへ
「心臓を突かなかったか」

頭上の四角い開口部から顔を出し、黒猫が言った。

「騎士よ、あそこに剣がまだある、今度は心臓を突いて殺せ」

「い、嫌よっ」

わたしは頭を振った。

冗談じゃない。

ぱたぱたぱたっ、と多数の足音がする。壁の外側――通路から大勢来る。

（ほかに出口……⁉）

見回すが、部屋から出る扉はほかにない。

あの医者に日本人であることがばれた。

「くっ」

わたしはルイザの足首を吊しているロープに飛びついた。だがルイザの身体を足がかりに、踏み台のようにしないと登れない……！

「ルイザごめん、ごめんねっ」

涙が出る。

あとは自衛隊の基礎訓練でやった要領で、両手でロープをたぐり寄せ、登った。天井の開口部の縁に手をかける。

ぐふぉおっ
唸り声が背中に迫る。身体を振り、必死に登る。もう後ろを見たくない、通気孔の中へ上半身を入れ、肘で這いずるようにして身体を引き揚げる。足が開口部へ入るのと、何かがパンプスのつま先をブンッ、とかすめるのは同時だった。

「はぁっ、はぁっ」

「やむを得ん、急げ」

猫が告げると、四角い断面の通気孔をタタッ、と行く。

「ちょっと待――」

肘をついて這って追おうとすると、開口部から毛むくじゃらの腕が入って来てわたしの足首を掴もうとした。思わず悲鳴を上げ蹴飛ばすと、パンプスだけ持っていかれた。

やばい。

逃げろ。

自分の中で、何かが叱咤する。言われるまでもない、肘と膝で必死に這って進んだ。

背後で、がん、がんと金属を殴る音。だがこの通気孔は狭い、あの獣人の体格では入って来られないはず……！

「こちらだ、騎士よ」

前方には明かりが無い。暗闇の中に蒼い目が二つ。振り向いてわたしを見ている。

ついて来るのを確認して、前方へ進む。

「あんた、何よ」

肘で這って続きながら、わたしはようやく質問する。

「何物よ」

すると
「私はノワール・ドゥ」前を行く声は答えた。「エール・アンブラッゼ二号機の有機体プローブだ」

「えっ」

だが聞き返す暇もなく
「降りるぞ」

前方の暗がりで、猫がひょいと飛び降りる気配がした。

空気の動く気配。油臭い。

数メートル這い進むと、垂直のダクトに出た。断面は円形で大きい。マンホールくらいある。赤い非常灯のようなものが下の方に。その明かりで、梯子のあることが分かる。

（ここを、降りる……？）

下方から暖かい空気が吹き上がって来る。熱源があるのか。

猫は下へ行ったのか。

狭い通気孔にはもう居たくない、ダクトの中央を貫くような梯子に手を伸ばし、身体を引き出した。片方だけ残ったパンプスは、捨ててしまう。タイツだけの足で、暖かい空気が吹き上がって来る暗がりを降りた。

この潜水艦のような『船体』の中央部だろうか――？

いったいこの流線型は、何なのだろう。

ごぉおおぉ

空気の唸りのような音がしている。梯子を数メートル降り切ると、また横穴があった。今度は通気孔よりは大きい。その奥に、こちらを振り向く一対の光る蒼い目。

何なんだ、あいつ――

（しゃべる猫……？　そんなものが）

考えながら、かがんで横穴へ入ろうとすると
「！」

わたしは息を止めた。

何か、倒れている。

人間だ。

「この艇の機関員だ」前方から猫が言った。「さっきここを通る時に私が倒した。無駄な殺生はしない、気を失っているだけだ」

「気を――」

「その者の靴をもらうがよい。防水で滑り止めになっている」

「……」

わたしは、外の万年雪を思い出し、とりあえず猫（何と名乗った？　こいつ）の言うがまま、倒れた若い男の両足から編み上げの半長靴を外し取った。倒れている若い男の格好は人民解放軍の軍服ではない。さっきの白装束とも違うが、外国映画の時代劇に出て来るような服だ。

自分の足に靴をはめ、手早く編み上げの紐を縛りながらわたしは訊く。

「あなた、いったい誰」

「私はノワール」

「それは聞いた」

「螺旋《らせん》の騎士に仕える者」

「え？」

「私はこれまで、十一代の螺旋の騎士に仕えた。君は、襲われても相手から目をそらさなかった。なかなか筋がよい、精進するがよい」

「は？」

「行くぞ」

この窮地から、何とかして逃れるのが先だ。
わたしは靴を履き終えると、仕方なく猫に続く。こうも異常な情況が続くと、しゃべる猫と一緒に行動するのが、だんだん変でなくなって来る。
ごぉんごぉん
暖かい空気の源か。横穴をかがんで抜けると、もっと大きな、横倒しの円筒の内部のような空間に出る。カマボコ型に湾曲した天井——空自の基地にあるアラート・ハンガーのような造りか。その空間の中央に、真っ黒い球を二つくっつけたような物体が、支持架に支えられそびえている。ブンブンと、唸るような響き。

「MC機関だ」

通り抜けながら猫が言う。

「だが飛べない。この翔空艇は、第八ヌメラエントリから次元回廊を通ってこの〈界《スフィル》〉へ出現した際、難破した。今はノワルステラから電力を採っているだけだ」

「……？」

言われていることはさっぱり分からない。

たちまち、機関室のような空間を抜ける。

また縦穴。

「登れ」

4

「登れ」

猫の声は告げると、スルスルっと何かを登っていく。

見ると、暗闇の中に梯子がある。

（これは……？）

今度はダクトではない、見上げると、まるで潜水艦の内部から甲板へ出る円筒通路だ。また空気の流れる音。

何も見えない。どこへ繋がっている……？　耳に神経を集中すると、空気の音とは別に『船体』の構造を伝わり、どこかから大勢の足音。

わたしを捜している——捕まえるつもりか。

あの医師が告げ口していれば、日本人だということはばれている。

「くそ」

猫に続いて、梯子に取りついて登った。

五メートルか六メートル。ふいに天井に突き当たって止まった。猫が梯子のてっぺんでわたしを待っていた。

「私はハンドルが回せない、開けてくれ騎士よ」

「え」

「艇の乗降口は、追手で一杯だ。ここから出るしかない」

見ると、天井は円型の気密ハッチだ。ハンドルで開閉するタイプだ。

『船体』の上に出られるのか。

「——騎士って、何」

わたしは両手でハンドルを掴み、引く。

「さっきからわたしのことを——」

ガコン
引いて、回すと。分厚い金属ハッチのロックが外れた。

「押し開けろ、脱出するぞ」

ハッチを押し上げて隙間を作るが早いか、黒猫はスルッと外へ出る。

わたしは重たいハッチを押し上げて開くと、縁につかまり、身体を引き揚げる。

「ちょ、ちょっと」

冷たい夜気の中へ出る。

何だ、ここ――

見回す。まるでクジラの背中――黒い平たい曲面が広がる。そしてすぐ横に、あの巨大なシルエットが膝をつく姿勢で静止している。わたしの眼が、その肩部の高さ。

「あれを奪うぞ」

猫が振り向いて、言った。

「えっ」

「騎士よ、私の眼を見ろ」

「え」

訊き返す暇もなく

カッ
猫の青い両眼が閃光を放ち、一瞬わたしは何も見えなくなる。視野が真っ白――
「――な」何をした……⁉

だが
「君の虹彩《こうさい》を読み取った」

猫の冷静な声が言う。

わたしは真っ白い円が視野に残り、目をつぶってこすっても瞼《まぶた》を占領して消えない。

まるで、航空身体検査で眼底写真を撮られた時のようだ。こいつ、何のつもり――

「あのアグゾロトルの虹彩認証を上書きし、君が操縦できるようにする。続けっ」

「――えっ⁉」

「跳べ」

言うが早いか、猫はタタッ、と黒い曲面を駆けて行くと跳んだ。

眼を見開いて追うと、その姿は曲面の下がる辺りを蹴り、放物線を描いて落下しながら巨大なヒト型の胸部へ渡された整備用クレーンの端に飛びついた。

「嘘」

猫の小さな姿はクレーンに這い上がって走り、オーバーハングのように盛り上がる巨体の胸部の下へ消える。ここからでは見えなくなる。

「と」跳べ……⁉

一瞬、固まるが。

跳ね上げたハッチの下の方から、金属音と多数の足音。

（まずい）

人民解放軍の兵か。

下の機関室へ、なだれ込んで来た……⁉　慌ててハッチを閉じ、ハンドルでロックするが、これは内側から簡単に開けられる。

曲面の先と、隣り合ってそびえるヒト型の巨体を見て、わたしは唇を噛む。

「――ええいっ」


パンプスでなく、半長靴に替えておいてよかった……！

わたしは走った。つや消し処理をされた黒い金属の曲面は、急激に下向きになる――と思うと、尖った縁があった（やや平たくつぶれた流線型だった）。眼下に、空間を隔てて伸びるクレーンの端を睨み、縁の部分を蹴った。

「えやっ」

ぶぉおっ、と耳で空気が唸り、次の瞬間クレーンが視野の中でうわっ、と大きくなると両手の指が横棒の一本を捉えた。

ぐんっ

だが掴み切れない……！　体操の鉄棒競技のようだ、身体が前へ振れ、ものすごい遠心力が指にかかった。滑る。駄目だ。

「きゃっ」

そのまま宙へ振り飛ばされた。冷たい夜気の中を回転した。どうしようもない、視野の右横に巨大な褐色の機体が壁のようにそびえるのを感じながら、落下した。

どさっ

「ぐ」

後で知ったことだが。

わたしは、守護騎アグゾロトルの駐機スペースを空けるため万年雪を取り除けて積んであった土手へ突っ込んだのだった。

だがその時は、黒い天地が回転したあと、冷たいかき氷のような中へ頭から突っ込み、何が起きているのかまったく分からなかった。

（――な、何だ……!?）

雪か。

頭から、冷たい中に突っ込んでいた。口と鼻から雪が侵入して、むせた。

「ごほっ」

むせながら頭を引き抜くと、雪を盛り上げて積み重ねた土手のような中へ突っ込んでいた。頭上に褐色の巨体がそびえる。

ど、どこだここ――

見回すと、いきなり白い光が目を射た。

同時に
ワンッ
ワンッ
強い光の射す方向から犬の吠え声。

(くそっ)

眩しくてよく見えない、しかし犬を連れた警備の兵か、複数の影が一方からザクザクと雪を蹴って迫って来る。

「う」

さらに頭上からも光線を当てられた。ヒト型の向こうにそびえる黒い流線型の背から、強力な手持ちライトがいくつも向けられる。

追手の兵がハッチから出て、わたしが跳ぶところを見たのか。怒鳴り声がする。

『あそこにいたぞ』とでも言っているのか。

「――くそっ」

わたしは全身の痛みをこらえ、立ち上がる。

ニャア
猫の声を聞いた気がして、目を上げる。

のしかかるような巨大なヒト型――甲冑のようなシルエットは、頭部がまるでゴキブリのようだ。

地面から見上げると、盛り上がった胸部の下（人間ならばみぞおちに相当する位置か）、クレーンの渡された上に、楕円形の小さな開口部がある。赤い灯が見える。あれは乗降ハッチか？

(これを、奪う……!?)

確か、猫はさっき――

ワンワン
ワンッ
考えている余裕は無い、白い光と犬の吠え声が迫る。

どこかに、昇り口は……⁉

だが目で探すわたしの背後に、ハッハッという荒い息とともに速い足音が迫った。犬が放され、けしかけられて来たか。

「くっ」

振り向くと暗闇の白い底を、疾く動く影が二つ。来る。

何か武器……⁉

見回すと数メートル横、雪を積んでおくのに使うのか、スコップが突き立ててある。

とっさに雪を蹴ってスコップの柄に飛びつくのと、軍用犬の先頭の一頭がわたしに襲いかかろうと跳躍するのは同時だった。わたしは跳んで来る物体の軌道を耳で掴み、引き抜いたスコップをその軌道に会合するように振った。両腕に力を込め、思い切り振った。

がんっ

キャンッ

空中で支点が何もない犬は、身をよじってかわしようもなくわたしの振り出したスコップと正面衝突し吹っ飛んだ。

もう一頭来る。反対側へ、振り回す。

がんっ

キャキャンッ

二頭目の犬が吹っ飛んでいくのを確かめる暇もなく、スコップを放り出すとわたしは駆け出した。整備用クレーンの基部に、鉄階段が見える。

だが

ずざざざっ

大勢の軍靴が雪を蹴る響きがして、黒い群れがカーテンのように目の前を遮った。わたしの行く手に立ち並ぶと、一斉に銃を構えた。

「止まれ」

英語。

チャッ

チャッ

並ぶ銃口が、一斉に向けられる。

(——うっ)

雪の中に半長靴をめり込ませ、わたしは立ち止まる。見ると警備兵ではない、黒装束の戦闘員だ。カエルのようなゴーグルをつけ、ずらりと並ぶ。二十人以上はいるか

——!? どうしようもない。

「やはり女、貴様日本軍のスパイだったか」

横一列になった黒い群れの中央で、大柄な男が叫んだ。

あの男――

（さっき下の盆地へ降下してきた）

わたしの携帯を拾った、戦闘員のリーダーだ。

「くっ」


「動くな」

リーダーの男は居並ぶ部下たちに銃を構えさせ、つかつかと近づいてきた。

歩み寄りながら、顔につけた暗視ゴーグルを上げる。険しい目。

「――」

わたしは睨み返すしかない。

何とかして、この男と、行く手を遮る壁のような群れを突破して整備用クレーンへ駆け上がれないか……？

だが敵の数はあまりに多い。

犬をけしかけた警備兵たちも後ろから追いつき、背中からも銃を突きつけられた。

くそっ……。

「女」

さっきの獣人ほどではないが、見上げるような体格の男は目の前に立つと右手を伸ばし、わたしの顎に指をかけようとした（どうして男はみんなこれをやりたがる？）。

ぱし
その手を、宙で掴みとった。

「気安く触らないで」

「ぬ」

男は険しい眉を上げ、睨み返して来た。

「ふん、見上げた態度だ。だが、いつまでもつかな。貴様の身柄は北京へ運ぶ、あの戦闘機と共に」

「え」

「見ろ」

男が頭上を指すと同時に
ボトボトボトッ
重たいローター音がして、臨時の駐機場の真上を何かが低く通過する。
真っ黒い巨大な影——

（――⁉）

何だ。

思わず見上げ、わたしは息を呑む。

これは――⁉　重たい物体が唸りを上げ、空気をかき分けて頭上を通過する。菱形翼の黒いシルエットが、さらに巨大な何かに宙を吊されていく。

「な」

Ｆ35……⁉

そのすぐ上で、回転翼を回す巨大なシルエットはミル26。超大型輸送ヘリだ。

まさか。

（引き揚げられた……⁉）

目を見開くわたしに

「女」

リーダーは告げる。

「貴様の乗ってきたステルス機は、あの通り我々が確保した。これより北京へ運ぶ。貴様も一緒だ」

第Ⅳ章　守護騎の姉弟

1

「言っておくが」

わたしに向き合ったまま、戦闘員のリーダーの男は告げた。

「軍での尋問には、頭と口が残っていれば十分だ」

「……？」

見返すと。

男は険しい目で、背後に黒く横たわる流線型をちらと見た。

「女スパイ、貴様は男爵の寝室で暴れたそうだな。だが俺が連行する以上は容赦しない。抵抗すれば手足は切りおとす」

「え」

「縛れ」

男が促すと。

わたしの背後で銃を構えていた警備兵の片方が、カチャカチャと何か金属音をさせ近づいてきた。背後から、わたしの右腕を取ろうとする。

「触らないで」

払いのけようとするが
チャッ
リーダーの男は向き合ったまま、腰ベルトから拳銃を一挙動で抜くとぴたっ、とわたしの眉間に突きつけた。

「動くな」

「――――!」

眉間に突きつけられた銃口は、すぐに移動して左肩に向けられる。

ノースリーブの腕にゴリッ、と銃口が押しつけられる。

「う」

「女。この場で腕を一本吹っ飛ばされるのと、手錠をかけられるのとどっちか選べ」


く、くそ……。

わたしは睨み返しながら、両手首が背中で拘束されるままにした。冷たい固い物が手首にはめられ、カチリと音がする。

手錠をはめられたか。

唇を噛むと。

「フフ」

目の前の男は楽しそうにした。

このやろう――

睨み上げると、気づいた。男の肩幅の広い黒戦闘服――その左の胸ポケットが角ばって膨らんでいる。

(……!)

これは。

だが目で確かめる暇もなく、男は振り返ると何か怒鳴った。北京語だから分からないが『連行しろ』と言ったのか。壁のように並ぶゴーグルの戦闘員がざざざっ、と駆け寄って来るとわたしの周りを取り囲んで銃を突きつけた。

「☆★△!」

「★△!」

歩け、と言われたのか。

リーダーの男を先頭に、踏み固められた雪の上を進んだ。

後ろ手に手錠の格好で、歩かされる。

わたしの周囲を、黒戦闘服たちがぎっしり取り囲み、マシンピストル型の小銃を携えていつでも発砲出来る態勢だ。全部で三十名近くもいるか。

たった一人のわたしを連行するのに、こんな大人数……？

だが理由はすぐに分かる。

歩き出して数秒もたたないうち

「××▼※！」

どこかから怒鳴り声がした。

（……⁉）

この声……？

わたしが横を見やると同時に、先頭のリーダーも歩を止めた。

ざざっ、と全体が止まる。

そこへ右横から、長靴で雪を蹴るようにして長身の影が来る。

あれは。

「×▼※！」

鋭い声が、繰り返す。『止まれ』と言っているのか……？　雪を蹴って近づくのは、ついさっきわたしをエスコートした黒手袋の将校だった。吊り上がった目でリーダーを睨んでいる。その後ろに数歩遅れ、別の兵の一隊が小走りに続く。

たちまち黒手袋の将校は、戦闘服のリーダーの前に対峙した。将校の後ろにざざざっ、と一隊の兵が立ち並んで行く手を塞ぐ。兵たちは黒戦闘服にゴーグルではなくて、普通の野戦服だ。銃こそ構えないが立ち塞がる感じだ。

黒手袋とリーダーは北京語で言い合いを始めた。激しい口調で、どちらも時々わたしの方を指し示す。

（何をしてるんだ……？）

何を言い合っているんだろう。

わたしは立ち止まった隙に、周囲を素早く目で探る。

だが
（駄目か……）

また唇を噛む。

真横にそそり立つ、巨大なヒト型機体の片膝をつく脚部は、十数メートルの間合いにある。ゴキブリを想わせる頭部が、真上に覆いかぶさる感じだ。

走れば近い……。

だがその脚部との間には、十人以上の戦闘員。そして鉄階段で上がる整備用クレーンの上に、今までどこにいたのか、騒ぎを見物するかのように多数の人影が出ている。

戦闘服ではないが――

あの連中……？

素早く目でチェックすると、手すりから見下ろす人影たちはさっき『機関室』で倒れていた若者と同じ、ヨーロッパの時代劇のような服装だ。

彼らは何だ。

「……」

考えている暇もなく、黒手袋とリーダーの言い合いは終わった。

黒手袋が渋々という感じで横へどき、リーダーの背中がまた歩を踏み出す。野戦服の兵たちの人垣が割れ、黒戦闘服の一団はわたしを分厚く取り囲んだまま、再び雪の上を進んだ。

黒手袋の将校は、前を通り過ぎる時に物凄い目でわたしを睨んだ。

（……う）

思わず目をそらし、反対側を見上げると。

整備用クレーンの上、楕円形の開口部が目に入る。内部に赤い灯――あそこはヒト型の『コクピット』に相当するのだろうか……？　だがハッチを閉めてしまえば、外なんか見えないだろう。ガラス張りの操縦席という概念ではなく、密閉されるところは例えば初期の有人宇宙船のコマンドモジュールという感じか。

赤い灯の漏れる楕円の入口は、すぐ角度が変わって見えなくなる。あの中に、猫がいるのだろうか。

（――）

あの猫……。

何物なんだ。

さっきは何と言っていた。わたしの眼の虹彩を記録した……？

立ち止まろうとすると、背中を銃口で小突かれた。


大型テントの内部は通らず、ヘリポートへ出た。

水銀灯の下に、タービンエンジンの音。列線に並ぶ旧ソ連製ヘリの一機が回転翼を回している。中型輸送ヘリのミル8だ。昆虫のような機体の上に、双発エンジン。

戦闘服の一団は、そのヘリへまっすぐに向かう。

ミル8の周囲には、人民解放軍の野戦服の兵たちが立ち並び、ぐるりと遠巻きに取り囲んでいる。わたしの護送される両側にもずらりと並ぶ。見守るというより、黒い戦闘服の一団とは睨み合う感じだ。

（そうか）

空気を感じ取った。

対立の空気だ。

どうやら、『日本軍のスパイ』であるわたしは彼らにとっての〈獲物〉で、ここの解放軍の大隊にも派閥のようなものがあり、幹部同士が手柄を獲り合っているのか……。

大人数でわたしを取り囲んで連行するのは、〈獲物〉を横取りされないためか。

その思考を

「――！」

前方に見えたものが、打ち切った。

ヘリの並ぶ一番奥――

水銀灯の光もあまり届かない端の一角に、巨大な灰色のヘリと、黒い戦闘機の機体が並んでいる。ヘリは八枚ローター、さっき頭上を通過したミル26だ。そして戦闘機は。

（まずい）

ミル８の機体へ歩いて近づきながら、舌打ちした。

わたしのＦ35――こうやって見ると、ほとんど無傷じゃないか。ロービジビリティー塗装のグレーの日の丸も、はっきり見えてしまっている。

ミル26の周囲では整備員たちが駆け回っている。タンクローリーが横づけされている。これからわたしの身柄と同様、Ｆ35の機体を再び吊り下げて運ぶのか。リーダーの言葉どおりなら、北京へ連れて行かれる。

超大型ヘリの八枚ローターも、キィイインというタービンの始動音と共にゆっくり回転を始める。

「う」

思わず、立ち止まりかけると。

「乗れ」

大きくスライディング・ドアを開けたミル8のデッキからリーダーが呼んだ。

わたしが肩を上下させ、立ち止まっていると。

リーダーはやおらドアの横から、先端に鈎のついた棒を掴み取ると伸ばし、わたしのチャイナドレスの肩に引っかけた。海面の浮遊物でも引っかけて拾うみたいに、わたしをデッキへ引きずり上げた。

「きゃっ」

「フフ」

デッキに転び、横座りになったわたしを、大男は見下ろして笑った。

スカートの裾が割れても、後ろ手に手錠では直せない。

「いい眺めだ。北京へは給油しながら半日かかる、その間に楽しませてもらうか」

「──な」

睨み上げるが、大男はなおも笑って、スライディング・ドアに手をかける。

険しい眉の顔を紅潮させ、わたしに聞かせて驚かそうというのか、そのまま英語で外に向かって言う。

「おいお前たち、このスパイは、ここから俺一人で護送する。乗ってこなくてよい」

部下の戦闘員たちに告げると、リーダーの男はドアを閉めようとする。

その時
「待て」


別の声がして、長身の影がひらりとデッキに跳び乗って来た。軍服に長靴。

（……⁉）

わたしはデッキの床に半ば仰向けの姿勢で、目を見開く。

現れたのは黒手袋の将校だ。細い鋭い目でわたしを一瞥すると、戦闘服のリーダーに詰め寄った。

「貴様、分かっているのか」

黒手袋も、英語で言う。

「この女は、デシャンタル男爵がお気に入りだ。卿は傷が癒《い》え次第、ご自分で殺して食うとおっしゃっている。貴様が傷物にすることは許さん。手錠をかけること自体、好ましくない」

だが

「何を言うか」

リーダーは鼻で笑う。

「貴様らこそ、ミルソーティア貴族などに媚《こ》びへつらいおって。奴等は何と言った。この大陸がもともと奴等の領地だと……⁉　笑わせる、異世界から来た異人など夷狄《いてき》の一つ、中国共産党の手下にすればいい。奴等が〈青界〉とか呼ぶこの地球もすべて、わが共産党のものだっ」

「貴様、吐いたな」

黒手袋は素早く腰ベルトから拳銃を抜き取った。

「ミルソーティア世界との共闘は、党中央委員会と国家主席の大方針。国家主席方針に逆らう言辞を弄《ろう》するとは」

「うるせぇっ」

言うが早いか、リーダーの男は手にした鈎つき棒で黒手袋の将校を突いた。同時に機体前方へ何か叫んだ（『ヘリを出せ』と言ったのか）。

「うぉっ」

黒手袋の将校がのけぞると同時に、ミル8の床は傾き、傾きながら浮いた。まるで操縦席のパイロットが、あらかじめエンジン出力を上げておき、リーダーの意を受けて傾けたかのようだった。そのまま数メートルもヘリは乱暴に浮揚する。

危ない。

将校はのけぞったまま、スライディング・ドアの開口部から放り出される。だが将校はとっさにか、拳銃を放り捨てると両手でデッキの縁につかまった。上昇する機体のデッキにぶら下がった。

「――――！」

ヘリはぐんぐん浮揚している。わたしは思わず、床に横向きになったまま、身体を振ってずらしデッキの縁へ顔を出した。

風圧。

水銀灯に照らされた雪面が、ぶら下がる将校のずっと下に見える。一瞬、将校の鋭い目と視線が合う。

引き揚げたくても、手の自由がきかない。

もっと話して欲しい。今、何と言ったんだ。ミルソーティアって何だ。

だがそこへ

「☆★▼！」

頭の上で叫び声がすると、鈎つき棒が将校の喉元を突いた。

ウッ、というくぐもった悲鳴と共に、将校の手がデッキの縁を離れた。わたしに手を伸ばしかけるが、宙を泳ぐようにして目の前から消えた。

「な」

何をする……⁉

振り仰ぐと、リーダーの男が仁王立ちになっている。

「フフ、俺に銃を向けたところは、地上で多くの部下が見ている。正当防衛だ」

「おとすことはないわ」

言い返しながら、耳にカチッという音を聞いた。何か小さな金属のものが、振り仰いだわたしの肘の下にはさまった。デッキの床と肘の間に何かがおちた。

何だろう。

「寒いぞ、閉める」

リーダーの男は、わたしの頭の上でガラガラッとスライディング・ドアを閉めた。

「――」

わたしは睨んで、見上げる。

同時に、肘の下にはさまった小さな金属の形状を皮膚で探る。

（……何だろう、これは）

不審に思いながら身を起こす。また横座りの姿勢に。

リーダーの男は、フフと笑うとわたしを見下ろした。

「俺の手柄が二つだ。見ろ」

「え」

2

「見ろ」

リーダーの男は、スライディング・ドアの小窓を指した。

たった今、味方のはずの黒手袋の将校を突きおとした。そのことは気に病んでもいない様子だ（日頃から恨みでもあったか）。

床に横座りになったわたしの位置から外が見えないと分かると、襟元をぐいと掴んで、無理やり立たせた。

（――――！）

わたしは男を睨みつけながら、立たされる瞬間、床の小さな金属片を指でつまんだ。

手錠を掛けられた右手の指先で、つまみ取った。

「見ろ、俺の戦利品だ」

リーダーの男は小窓を指す。

見ると。山岳の夜空を背景に、ミル26超大型ヘリが並んで飛んでいる。その機体の下方へ数本のワイヤーが放射状に伸び、黒いシルエットが吊されている。わたしの乗って来たF35ＢＪ――まずい、最悪のケースだ。

「あれと、貴様だ」

フフ、と大男は笑う。でかいので、立たされたわたしの目の高さが、この男の胸ポケットだ。角ばった長方形のものが入っている。

「――」

わたしは唇を噛む。


「かなりの高さだった。助からないわ」

わたしは非難するが
「人民解放軍では」

男は肩をすくめる。

「人の恨みを買っている将校が『事故』でこの世からいなくなるのは、よくあることだ。奴がヘリから落下して、快哉を叫ぶ者の方が多い」

「――」

「この大陸では、毎日そこらじゅうで大勢死んでいく。貴様の国とは」

フフ、と男はまた笑う。

「さっき、男爵とか言ったわね」

わたしは、話題を変えながら。

背中でつまんだ小さな金属片を指で確かめる。この形は――

(――鍵……?)

数分前。あの黒手袋の将校は突きおとされる瞬間、わたしへ向かって手を伸ばし、何かを投げてよこしたように見えた。気のせいでなければ……それはデッキの縁におちた。

彼は『手錠をかけるのは好ましくない』と口にしていた。戦闘服のリーダーと仲が悪いなら、このままこの男に手柄をたてさせたくもないだろう。ならば――

だが見えない背中で、指先でつまんでいるのでは。たとえこれが手錠の鍵だとしても、穴に入れて回すのは容易でない。

時間稼ぎだ。

「いったいあの獣のような人間は、何なの?」

問うと。

「フン」

　大男は鼻を鳴らす。

「七つあるんだそうだ」

「？」

「地球がだ」

「え？」

　地球……？

「こう──」大男は、両手で何かをわしづかみにするような仕草。「葡萄《ぶどう》の房のような感じで、次元を異にして七つの地球が宇宙には重なり合って浮いている。その一つから来たと言っていた。奴等はミルソーティア世界の人間だ。ズーイ・デシャンタルというのは、その中の貴族でも上位に位置する真貴族だ」

「……真貴族？」

「正確には準真貴族。真貴族というのはもはや人間の姿はしていないのだそうだ、北京にいるクワラスラミ卿がそれだ。デシャンタルの奴は、その成りかかりだ」

「……」

　わたしは、言われていることがまったく分からない。

いったいこの男、何の話をする――

「奴等は」

だが男は続けた。不満げな表情。

「ある日突然、雲南省の奥地に現れた。あそこにあった翔空艇は、その時の船団の一隻だ。奴等は守護騎と呼ぶヒト型の戦闘機械を先頭に立て、我々人民解放軍といっとき対峙した。『この大陸の支配者に会わせろ』と要求して来た。もう一年前のことだ」

「守護騎……？」

ディファンドゥール、という仏語を男は口にした。意訳すれば防衛のための騎兵か。

「あのばかでかいゴキブリみたいなのも、その守護騎の一つだ。戦闘力は侮れん。あれで剣を振り回す。戦闘機と同じように空も翔ぶ。あれはデシャンタル男爵の専用機だ。貴族家の専有機だという」

「……貴族」

そんなものが……？

ミルソーティア……そう言ったか。

あの『地図』の世界か。

「貴族と、真貴族がいるの」

「真貴族という連中は」男は唇を歪めると、さらに続ける。「ミルソーティア世界の支配者だ。定期的に培養槽へ入って細胞を更新し、永遠の生命を得るらしいが、その代わり細胞を更新する度に化け物のような姿になっていく」

「……」

「そして培養槽から出た直後は、ひどく腹を減らし、人間を食らうのだそうだ。特に若い娘を好んで食う。その中でも生娘の生き血はたまらなく美味いとぬかす」

「……」

「わが大隊は、中央の党本部からデシャンタル男爵につくことを命じられ、以来参謀の連中は若い娘を調達して来ては、あの吸血鬼に食わせている。ミルソーティアは『千の出口を持つ国』で宇宙の中心だとか奴はぬかす。馬鹿を言え、この宇宙の中心は中華人民共和国だ。共産党こそ宇宙の中心だ。あの夷狄の奴はそんなことも分からんのだっ」

「……」

わたしが水を向けた話で、男は興奮して主張を始めた。

普段から、何か溜っていたのか。

わけは分からなかったが、男の話に耳を傾ける振りをしながら、わたしは後ろに拘束された左右の手の指先を動かした。小さな鍵と思われる金属片の先で、手錠の鍵穴がありそうな辺りをこすって探る。それと思しき切り欠きに、金属片が引っかかる。

（……あった、これか？）

カチ

だが、わたしが右の人差し指と親指で鍵を回すのと、大男がいきなり唸りを上げ突き飛ばして来るのは同時だった。背中に神経を集中していたため、不覚を取った。

「きゃっ」

まともに突き飛ばされ、そのままデッキに背中を叩きつけられた。

「な、何するのっ」

「女。貴様は北京で尋問の後、身柄を戻してデシャンタルの奴に食わせることになった。だが奴に、一番美味い状態で食わせてなどやるか。その前に俺が」

ずい、と戦闘服の足が一歩、仰向けに倒れたわたしに迫る。

「女スパイめ、何を隠し持っているか分からん、まず裸に剥いて検査する」

「――な」

わたしはのけぞり、背中を床にこすりながら後ずさる。

「手錠をかけられたままじゃ、服なんか脱げないわ」

やばい、襲ってきた。

わたしは後ずさりながら、周囲を素早く目で探る。この中型輸送ヘリのメインデッキには、リーダーの男とわたしだけだ。天井につかえそうな大男が迫る。その背後にはハンドル付きの扉が見えるが――あの向こうが操縦席か。おそらく乗員は男の手下なのだろう、デッキの様子を見に来るような気配は無い。

「脱がしたいなら、外しなさい」

「心配はいらん」

男はのしかかるように近づきながら、腰のベルトに手をやる。大振りのナイフが差してある。右手でそれを抜く。

ぎらっ
「……！」

わたしはさらに背中を床にこすりつけ、仰向けのまま後ずさるが。

とうとう頭が、後方の隔壁に当たってしまう。もうこれ以上、動けない。

「フフフ」

男の手がナイフの刃先を下へ向ける。

足を踏ん張っているので、両脚は開いてしまっている。ナイフの切っ先が、チャイナドレスのスカートの裾にかかる。

下から、縦に裂くつもりか。

「お楽しみの時――ぎゃっ」

男の視線がまくれ上がったスカートの裾へ向いた瞬間。わたしは背中から右腕を思い切り振り出した。手錠は左手首から外れ、右手首にはまだ嵌まっていた。外れた左の手錠がヌンチャクのように、大男の頬を横から強打した。ガツッ、という手応え。

「ぐぎゃあっ」

悲鳴を上げて男がのけぞる隙をつき、わたしは一挙動で跳ね起きると、のけぞったみぞおちの辺りを狙って体当たりをかけた。防大時代の武道の講習で、人間の身体はみぞおちが重心だからそこを突けば倒れる、と教わったのを思い出した。

がんっ

案の定、大男は後ろ向きに吹っ飛び、背中から床へ叩きつけられる。

(今だ)

チャンスは一瞬しかない……！　わたしは逆に襲いかかった。男の右手を蹴り、ナイフをどこかへ吹っ飛ばすと、戦闘服の左胸のポケットのボタンを掴んで引きちぎるように開けた。ピンク色のカバーをつけたスマートフォンを抜き取る。

だがほとんど同時に反撃された。大男は跳ね起きてわたしを吹っ飛ばす。なすすべなくスマホを掴んだまま後ろ向きに叩きつけられる。その拍子に手からピンクの携帯が吹っ飛んでしまう。

「あっ」

しまった……！

「ぅ女ぁっ！」

男が野獣のように、のしかかってきた。唸りを上げ、わたしの両肩をがんっ、と床へ押しつけた。次いでばかでかい左手でのどを押さえ込み、右手でわたしのチャイナドレスの襟元をぐわしと掴んだ。

「きゃあっ」

ビリビリッ
ワンピースを裂かれる……！　膝で蹴り上げたくても身体で押さえ込まれた。身動きが取れない。だが暴れる振りをして両手を広げ、ばたばた動かすと右手の指先にスマートフォンのカバーの縁が触れた。

「や、やめてっ」

叫びながら、指先でたぐり寄せる。掴み取る。

わたしは死んでも構わない、F35の機体だけは爆破しなくては。

ワンピースの胸を裂かれた。大男の顔がインナーのボディースーツに張り付く。拒否反応で身体が戦慄するが、お陰で男はわたしが右手で携帯を操作するのに気づかない。

スライドでロック解除、暗証の四桁、計算機のアプリを開く。すでに『999』と入れてある。『×』を押す。もう一度『999』。男の手が胸を掴む。この野郎、いい加減にしろ。親指で『＝』。

目を閉じて数える。一、二、三――

男の手がスカートの裾から入ってこようとするのを、携帯を放り出した右の手で掴み取る。

「いい加減にし――」

言い終わる前に衝撃波がやって来た。

ドーンッ

百メートルほど左横を並んで飛んでいたミル26の真下で、F35の弾倉に装着されていたAAM4ミサイルの一発が突然発火して爆発（ほかの三発もつられて発火したはずだ）、直接見ることは出来なかったが、ワイヤーで吊られていたライトニングⅡの機体は火球となって爆散したはずだ。当然ミル26もただでは済まない。空中で誘爆したことはミル8の機体を横なぐりに打った衝撃波の強さで、確信出来た。何もかも吹っ飛んだのだ。

ずがんっ

ずざぁあっ

横波を食らったボートのように、ミル８の機体は横向きにひっくり返り、すべてが逆さになって激震した。わたしの身体の上に被さっていた大男が天井へ吹っ飛んで行った。

「うわ、うわわっ」

がん、と天井に叩きつけられる音。

(ロールに入ったか……⁉)

無重力だ。身体が浮く。わたしも浮き上がる。右手に何かが当たった。鉤のついた棒。とっさに掴み取る。機体全体は回転を続けている。やばい、キリモミに入ったか……⁉　メインデッキ前方の操縦室扉が目に入る。回復操作は。やっているのか――⁉　手近の壁を蹴る。手を伸ばし、棒の先端の鉤を扉のハンドルに引っかけ、自分の身体を引き寄せる。宙に浮いたまま、ハンドルを掴んで回す。

ばんっ

操縦室扉が手前へ開くと、凄まじい風圧が押し寄せた。

(窓が割れてる……⁉)

昆虫の複眼のような機首の風防ガラスが、横から破片でも食らったのか左半分、なくなっていた。二名の操縦士は座席に身体を固定したままぐったり横になっている。

駄目だ、姿勢の回復操作をする人間がいない。

ヴォオオッ
「――くそっ」

前面風防の景色は、白い大地がぐるぐる回転している。ヘリは機首を真っ逆様に下へ向け、回転しながら落下しているのだ。ヘリコプターの曲技飛行を航空祭で見たことがある、あんな感じか……！

「ヘリは」

わたしはとっさに、右側の操縦席の肩に取りつくと、意識を失った操縦士の座席ベルトのバックルに手を伸ばし、掴んで回した。ハーネスとベルトが一度で外れ、操縦士の身体は宙に浮く。飛行服を掴んで、後ろへやり、代わりに自分の身体を滑り込ませる。

「ちょっとしかやったことないのにっ」

ヴォオオオオッ
回転翼機もスピンに入る。回復方法は固定翼と同じだ、ラダーで旋転を止め、操縦桿で機首を起こせ――

飛行開発実験団で、数時間の講習は受けていた。テスト・パイロットはヘリコプターも扱わなくてはならない。いずれライセンスを取る予定だった。F35の運用試験が忙しくて、中断していたが。

「と、止まれっ」

わたしは旧ソ連製の旧式ヘリの武骨なラダーペダルに足を乗せ、踏み込んだ。

重い。

「止まれっ」

ズリッ、とペダルが動く。途端に前方の景色がぐるぐる廻るのは止まった。しかし次の瞬間、真っ白い靄の中へ突っ込んだ。

しまった、盆地の上か……！

何も見えない。暗視ゴーグルがどこかに……いや、そんなものあったって、つけている暇がない。わたしは操縦桿を掴み、引いた。回転翼はまだ廻っている。エンジンはフレームアウトして止まったかも知れないが、実はヘリはローターを自由回転させて『滑空』することが出来る。操縦桿の操作で回転翼の迎角を変えることが出来れば、機首は上がってくれるはず――

「上がれぇっ」

操縦桿を思い切り引いた。ミル8は反応して、徐々に機首を起こす。水平近くになり、ローターの自由回転で滑空状態になった――そう感じた瞬間、樹林の中へ腹から突っ込んだ。
ズガガガッ
「きゃあっ」

3

三分後。

「う」

わたしは身体中の痛みをこらえ、破損したミル8ヘリコプターの機首下面から這い出した。ヘリにはコクピットの床に、非常脱出ハッチがある。旧ソ連製でもそれは同じだった。

ミル8は樹林の中で、大木の幹に挟まるようにして止まっていた。

「──はぁ、はぁ」

肩で息をし、機体が押しのけたせいで斜めに傾いだ幹を、伝って降りる。

あの大男がどうなったのか分からない。声がしないので気絶したのだろうか、息を吹き返してまた襲われたらかなわない。

さっさと逃げよう。

苦労して、下生えの中へ降りる。

真っ白い靄の中だ。真っ暗闇ではない。どこかに光源がある。

（あの岩山に激突させたミル24、まだ燃えているのか……？）

ほのかに白く、周囲や前方が見えると言うことは。

盆地は広いが、ここはさっきF35で降りた辺りに、近いのかも知れない。


F35の機体の爆破は、とりあえず成功した。

後は逃げるだけだ。

ここは山岳地帯だが、ベトナム国境にも近い。何とかして山を越えて行ければ、生還も可能かも知れない――

数分歩くと、開けた場所に出た。

「……⁉」

わたしは歩を止めた。

ここは。

見渡すと、大木が一様になぎ倒され、樹林の谷間のようになった空間。

その遠近法のような視界の奥に、見えていたもの。

そのシルエットに目を見開いた。

（――〈フェアリ1〉だ）

こんな近くの場所に、降りていたのか。

気づくとわたしは、吸い寄せられるように歩を踏み出していた。

樹林の谷間の入口から、そのシルエットまでは三〇〇メートルくらいあったろうか。倒木の上を跳び伝うようにして、三十分くらいかかってようやく辿り着いた。

靄に覆われた盆地の頭上では、再びヘリの爆音がしきりに通過し始める。ミル26が連絡を絶ったので、不審に思い捜索にかかっているのかも知れない。

人民解放軍の連中と、これ以上関わりたくなければ、ヒト型の機体になど近づかずさっさと逃げ去った方がいいのだ。

でも

「……これを近くで見ずには、帰れないよ」

ようやく近くで見られる。

半ば仰向けに、樹木にもたれるように擱座しているヒト型のシルエットを、わたしは見上げた。

白銀とブルーの機体だ。上のヘリポートで目にしたあれ――ゴキブリのような頭部を持つ機体とは、かなり印象は違う。あれは獣人の男が〈アグゾロトル〉と呼んでいたか。

（これ、守護騎っていうのか）

巨大なロボット――立ち上がれば、全高は二〇メートルくらいだろうか。この機体にも個別の名称があるのなら、何と呼ばれる機体なのだろう。

あちこちに切られたような傷が目立つが、優美な機体だ。

ルイザの目撃談が事実とすれば、これは獣人男爵の〈アグゾロトル〉と対峙して、マグニフィセント八〇七便を護ろうとしたという。

「……!?」

見上げていて、わたしはハッとした。

仰向けに擱座する機体――そのみぞおちに相当する辺りに、赤い灯が漏れている。

楕円形のハッチがある。その隙間が開いて、内部の灯が漏れているのだ。

（ハッチがある）

気づくと、またわたしはツルツルした金属の脚部に上がって、胸の下のハッチを目指していた。夢中で上っていた。

三日も動いていないということは……中の搭乗者は、どうなったのだろう。

一分後。

やはりオーバーハングのように盛り上がった胸部の下。

楕円形のハッチの縁に辿り着いた。

開口部は、フルに開いているわけではなく、人一人がすり抜けられる程度に真ん中からスライドして隙間を開けている。赤い光が漏れている。

隙間から覗き込んだ。

(……!)

途端に、わたしは目を見開く。

二人いる――

一瞥して、内部は球体の内側のようだった。

顔を上げて、周囲もよく見ると、すぐ近くの胴体表面で整備用アクセス・パネルのような四角い蓋が開かれ、中の黄色いハンドルが手前へ引かれている。これは――戦闘機の機体には必ずある、気を失った乗員を操縦席から救出するための緊急救助レバーによく似ている。キャノピーを外から強制的に開かせる仕組みだ。

誰かが、この機体が擱座した後で、中の搭乗者を助け出そうと緊急救助レバーでハッチを強制開放させたのか。

（でもなぜ、中に二人座っている……？）

もう一度覗くと、前後に並んで動かない人影が二つ。

気を失っているのか……？

また化け物だったらどうする？　そう思うと、声もかけられない。

中の人影は動かない。薄暗くて、よくは見えない。わたしは唾を呑み込むと、隙間から内部へ身を滑り込ませた。

「わっと」

下へおちそうになる。わたしはハッチの扉の縁につかまって身を支えた。ハッチは分厚く、何層もの装甲の断面が見える。内部は――コクピットというよりはやはり小型宇宙船のコマンドモジュールだ。球体で、窓はない。その基部からアームが伸び、前後に二つの操縦席らしきシートを球の中心部に突き出させている。球体の直径は二メートルくらい。その内面の一部が楕円形に切れ、ハッチになっている。大きさといい、ますますコマンドモジュールだ……しかしここが操縦席なら、どうやって外の様子を――

そこまで考えた時。

微かな赤い灯の下、搭乗者の二人の様子がようやくはっきり見えた。

(——!?)

化け物じゃない。

少年と少女だ。

一目見て、『姉と弟』という印象を受けた。

前席に座るのは黒髪の少年——年齢は十五歳くらいだろうか。顔をうつむかせているが、美形だ……。操縦席の左右の肘掛けから突き出す二本のレバーを握ったまま、ぐったりとうなだれている。

後席は、こういった乗り物に搭乗するには不向きな白いドレスだ。長い黒髪。のけぞるような姿勢で、座席にもたれている。後席乗員にも何か役目はあるのだろう、左右の肘掛けに専用の計器パネルらしきものがついているが、白いドレスの女(あるいは少女か)はそれらに触れることはなく、ぐったりとのけぞっている。前席の少年よりは三つか四つ、歳上だろう。二人とも黒髪で、面差しは似ている……

(……!?)

後席の少女の顔を見て、わたしは眩暈を覚えた。

何だ。

何だ、この妙な感じ。

二つのことが、わたしの目を見開かせた。

(この人は)

似ている。

似ているのだ。

東欧系か、あるいは中央アジア系なのか。黒髪に彫りの深い面差しは、毎朝鏡で見ているわたし自身の顔に似て――というより
(そっくりじゃないか、わたしに)

そして
「……拳銃……!?」

ぐったりとのけぞる白い服の少女の、だらりと垂れ下がった右手には。黒い一丁の小型拳銃が握られたままになっている。装飾のある古い感じの銃。引き金を引き絞った指が、おそらく強い力を込めたのだろう、硬直したままになっている。

垂れ下がる長い髪の下、右の頬に血の流れおちた筋がある。

(まさか)

こめかみを、自分で撃ち抜いたのか。

ハッとして、前席の少年を見る。

黒髪の少年は、左右のレバー――片方は操縦桿、片方はスロットルに類するものだろうか――を握り締めたままぐったりとうつむいている。その西洋の騎士のような服装の左胸が、円く真っ赤に染まっている。

(胸を――一突きにされた……!?)

やはり死んでいる。

気づいて、半開きのハッチを振り返る。

そうか。

この機体が、ここに擱座した後――動けなくなった後。

誰かが、ハッチを外から強制的に開放して、そして中へ入って……。

前の席の弟は剣のようなもので胸を突かれて殺され、それを目にした後席の姉は。

「……自害」

そうなのか。

わたしは、わけが分からない。

でも、前後の席で息絶えている二人を見て、目の底がじわっと熱くなった。

この二人は。

誰なのか。

どこか異世界からやって来たらしい、ヒト型の機体。搭乗していた姉と弟――

「いったい」

わたしはつぶやいていた。

いったい、あなたたちは誰なの。

どこから、どうやって来たの――？　いったい何が起きようとしているの。

わたしは座席を支えるアームの縁を踏んで、前席の少年の上半身に手をかけ、起こしてやろうとした。でも死んで三日も経っているせいか、あるいはあまりに力を込めて操縦桿を握っていたのか、少年の身体は固く動かなかった。

続いて後席に寄り、白い服の少女の右手を持ちあげた。腕は動かすことが出来た。

上半身をまっすぐにし、黒い拳銃を指から取り外し、両手を胸の上に重ねた。

髪をすいて、整えた。

目を閉じた白い顔は無表情だ。

「――いったい」

わたしはまたつぶやいていた。

「あなたに、こんなひどいことをさせたのは誰なの」

ボトボトと、ヘリコプターの爆音が複数、頭上に近づいて来るのが聞こえた。

〈異世界のF35〉　了

COMING　SOON　〈ライトニングの女騎士〉

参考文献
〈護樹騎士団物語〉夏見正隆（水月郁見）著
徳間書店よりキンドル版他にて
二〇一四年十二月初旬より順次配信開始

本作品は当文庫のための書き下ろしです。
なお本作品はフィクションであり、実在の個人・団体など
とは一切関係がありません。

文芸社文庫

異世界のF35

新・護樹騎士団物語

二〇一四年十二月十五日　初版第一刷発行

著　者　夏見正隆
発行者　瓜谷綱延
発行所　株式会社　文芸社
〒一六〇－〇〇二二
東京都新宿区新宿一－一〇－一
電話　〇三－五三六九－三〇六〇（編集）
〇三－五三六九－二二九九（販売）
印刷所　図書印刷株式会社
装幀者　三村淳

ISBN978-4-286-16052-8